十字架の美人助教授

館 淳一

幻冬舎アウトロー文庫

十字架の美人助教授

目次

プロローグ

左右に本棚が並べられている通路を、女が歩いてゆく。コツコツとヒールを鳴らしながら。

〝SM・BD・フェティシズム関係〟

そう記された札が、何列かの移動式スチール製本棚の上に掲げられていた。

「ここね……」

女が、その札の下の前で立ち止まった。さっき受付の女性がパソコンから検索した結果をプリントしてくれた紙片に目をやる。

片手で眼鏡の細い縁を押さえ、もう片方の手の指を棚に貼り付けられたステッカーの番号に這わせる。その列は雑誌だ。

「あった。MSP、〇一の三と五と……」

女は何冊かの雑誌を抜き出し、閲覧スペースに戻った。

閲覧スペースには細長い会議用テーブルが三つ、並行して置かれ、パイプ椅子が一つのテーブルに六脚置かれている。つまり十八人の人間が座れるスペースだが、何かの教室を思わせる殺風景な空間。今そこにいるのは彼女をいれて四人だ。残りの三人はみな男性で、二人は明らかにビジネスマン。残りの一人はカジュアルな格好からして編集者かライターだろう。

女もこげ茶のジャケットの下は黒いTシャツで、ベージュ色のパンツ、ヒールの高いハーフブーツという格好。

閲覧手続きをする時に受付の女性が少し驚いたふうだったのは、女性だったからではなくて、こういう所に来る編集者だとしたら——女性編集者がやってくるのは珍しくない——そのセンスのよさ、気品を漂わせる雰囲気に対してだったろう。

彼女は他の利用者たちから離れて、机の上に雑誌を置き、パイプ椅子を引きだして座った。スラリとした脚を組む。

男たちは時々、チラリと彼女のほうを盗み見る。その視線を意識しないわけにはゆかない。主として男性雑誌を中心に性風俗に関する文献資料を集めた図書館なのだ。どう考えても気品ある美しい女性とこの場所はそぐわない。

女はバッグからメモ帳とボールペンをとり出した。閲覧スペースが見渡せる位置にいた受付の女性は、それを見て頷《うなず》いた。欲しいデータの教えてもらいかた、本棚から目的のものを探すきびきびした身のこなし、さらにメモをとりながら、すばやくページをめくってゆく態度。こういう資料集めに慣れた人間だ。やはり編集者だろう。あるいはテレビ番組の製作に付随して情報を集める、最近多くなったリサーチャーという職業か。

（それにしても、このキーワードは、いったい何のことかしら）

受付の中年女性は、今しがた彼女に頼まれて入力したキーワードを記したメモを見ながら思った。それは長いことこの資料図書館に勤めて、目次によるデータ検索をやってきた彼女も見たことがない語だった。

女が何冊めかに手にした雑誌は、女性の恍惚とした表情を描いたイラストにかぶせて『SMプレディター』と記されていた。月号は半年前、まだ新しい。

パラパラとページをめくってゆく。グラビア部分は緊縛された裸女が、さまざまに責められ、悶える姿の写真で埋め尽くされている。

女の関心はグラビアではなく、活字ページだった。プリントアウトされていたページを開く。

『カリスマ調教師列伝（5）ハード・フィスティングを究める青年調教師』

それが記事のタイトルだった。その横に〝悟拳王子《ごけんおうじ》氏（東京・30）〟と記されている。

「ふーん……、悟拳王子だなんて、なんてもったいぶった名前」

女が鼻を鳴らすようにして呟《つぶや》いた。まだ自分が求める情報につき当たっていない。徒労感が肩に重い。

期待せずにざっとページに目をやった。

「ん……⁉」

眼鏡の内側で美しい切れ長の目がみひらかれた。ハッと息を呑み、

「そんな……」

驚きを嚙み殺した独り言を洩《も》らした。

あらためてじっくりと読み直し、特に、インタビューされている〝悟拳王子〟なる人物の顔が大きく写っている写真は、ためつすがめつして何度も見直した。

確かに三十歳ほどの年齢の男性だ。細面《ほそおもて》で額は秀でている。ややウエーブのかかった髪を長めにして後ろで束ねている。それは芸術家を思わせるヘアスタイルだ。

色の濃いサングラスをかけているのでハッキリ分からないが、たいそうノーブルな鼻の形が印象的だ。王子と自称しても許せるような、ハンサムな貴公子ふうの容貌である。

着ているのは黒いシャツ、黒いズボン、スニーカー。黒一色の衣装でインタビューを受け、実際に女性を調教するところを撮影させている。

「うーん……」

そういった写真を長い時間かけて見つめていた女は、ようやくその雑誌をとりあげて、受

付に向かった。

「この記事をコピーできますか」

「一枚五十円になります。そちらのコピー機でどうぞ」

女は発見した記事のコピーをとり、代金を払った。

「どうもお世話さま」

受付のカウンターに雑誌を戻した女は、コツコツと踵《かかと》を鳴らしながら、特殊な文献を公開している図書館を出ていった。高価な香水の芳香を残して。

(なかなか素敵な人だった。どうやらあのキーワードで求めるものを見つけられたようだけれど、また、来るかしら？)

彼女はまた、検索を依頼されたキーワードのメモを見た。そこには三つの語が記されていた。

〝フィスティング〟

〝調教〟

〝プロ〟

第一章　同級生の凌辱謀議

部屋には四人の人間がいた。三人が男、一人が女。

四人とも同じ学舎に学ぶ大学生で、しかも同学年のクラスメートだった。

大学は裕福な家庭の子女が多いことで知られる名門私立大、関東文科大である。学科は文学部国文学科。ただし専攻はそれぞれ違う。

一人だけの女子学生は外山《とやま》香澄《かすみ》という名だ。

彼女が部屋を出ていった。トイレに立ったのだ。バスルームのドアが閉じる音を確かめてから、男のうちの一人が言った。

「なあ、香澄を姦《や》ってしまわないか」

その言葉を口にしたのは三室竜介《みむろりゅうすけ》、聞かれたのは由良渉《ゆらわたる》、大河内規久也《おうこうちきくや》。

香澄を含めた四人とも今年から二条於紀子《にじょうおきこ》教授の短歌研究ゼミナールに所属し、学内の短歌愛好者の作る結社『鵲翼《しゃくよく》』の同人である。

――彼らがいる部屋は、男たちのリーダー格、三室竜介が夢見山市に借りているマンションの一室だ。

真夜中をだいぶ過ぎた時間だったが、リビングキッチンの食卓を囲み、四人は椅子に座ってウイスキーやビールを飲み続けていた。

その日は前期の最後の開講日で、授業が終わったあとの同人たちの飲み会で盛り上がった。散会後、まだ飲みたりないという級友たちを三室竜介が自分の部屋に招いた。

男三人は共に地方出身。国文科は数では圧倒的に女子学生が多く、男子学生が少ないということもあり、一年生の時から気が合って、何かと行動を共にしてきた。

三室竜介のマンションは夢見山キャンパスに近く、最寄りの駅にも近いということもあって、由良渉や大河内規久也はなにかというとここで時間をつぶし、飲み明かし、泊まってゆくこともしばしばだった。

外山香澄は、泊まったことこそないが、この部屋をしばしば訪れている。何度も夜遅くまでここで酒を飲みながら議論した仲だ。

短歌の創作にも理論にも秀で、ゼミの中でももちろん卓抜した存在で、国文科ばかりではなく、文科大夢見山キャンパス全体でもアイドルスターというべき華やかな存在だった。竜介らはいつも彼女の後塵を拝するような位置にいる。

香澄に華やかさを与えているのは知識と才能ばかりではなかった。

なにせ父親は国立文化大の著名な歴史学教授、外山源太郎《げんたろう》、母親は歴史文学の作家として大衆的な人気を誇る外山桜子《さくらこ》。生まれ育った家は都心の青山にある一戸建ての豪邸だ。

物心両面、なに不足なく育った長女の香澄は、両親から知識欲と優秀な知能を受け継ぎ、よく言えば奔放不羈《ほんぽうふき》、悪く言えばわがままで負けず嫌い、人の言うことに素直に耳を傾けることの少ない性格に育った。

言いだしたら後には引かないその態度は、彼女の才能を高く買っている師の、二条於紀子でさえ手を焼くほどであった。

「与謝野晶子は、外山香澄のような性格だったかもしれん」

「そうだとすれば、鉄幹の心情がよく分かる」

議論になればたちどころに言い負かされてばかりの竜介らは、そんな感想を言い交わしていた。それぐらい香澄は、周囲の級友、中でも男子学生たちの鼻面《はなづら》を引き回すようなところがあった。

ただ、香澄のよいところは論争に勝っても負けても、そのことで勝ち誇ったり根に持ったりするようなことはなく、邪気のない、明るくカラッとした性格にあった。それでなかったら竜介たちも彼女と一緒に飲み歩いたり、自分たちのアジトのような部屋に彼女を招き入れたりはしない。

それに香澄は、見るからに健康的な、しかも美しい娘だった。

「ノッポで痩せすぎてる」「ペチャパイだ」「目と目が離れすぎてヒラメだ」「口がでかすぎる」「鼻が顔を占領しすぎている」……

三人は彼女のいないところではさまざまに悪口を言い合うのだが、それでも純粋に客観的にみれば、彼女が切れ長の目をもち、そのせいで日本的な印象の強い、端正な顔だちの健康的な美しさに恵まれた娘だということは認めざるをえない。

ただ、香澄は意図してか、それともしていないのか判然としないが、自分の女らしさを強調することが少なく、髪はいつもヘアバンドで束ねてポニーテールにして額を広く見せ、着るものは常にTシャツやセーターにジーンズかパンツ、ボーイッシュな装いでいることが多い。三室たちは彼女がスーツやドレスを着、スカートを穿《は》いている姿をめったに見たことがない。

三人の男子学生の中では一番背が低い、大河内規久也よりも背が高く、スラリと長い足にはスニーカーを履いて、ピンと背筋をのばして大手を振るようにしてキャンパスを闊歩する姿は、男子学生たちにとって常に眩《まぶ》しい存在であった。いや後輩の女子学生たちにも、彼女は憧れの的だった。

いつもさんざんにやりこめられ、自分たちがいかに才能や学識の面で彼女に負けているかを教えられて惨めになる竜介たちも、教室や会合の席に香澄の姿がないと、なんだか張り合いのない、寂しいような気持になるのだ。

そして、その夜――。

香澄と三人の男たちにとって運命の夜になろうとは、最初は誰も思わなかった。

どこにいても、真夜中少し前になると、香澄はタクシーを呼んで自分の部屋に帰るのが常だった。彼女は都心の自宅からではなく、やはり夢見山市の一画、田園町にある女子学生の多いマンションに一室を借りて、学期中はそこに住み暮らしていた。

どういうものかその夜は、飲み会で出た酒が悪かったのか、三室竜介のマンションにたどりついた時は、四人ともかなり酔いが回っていた。酒に強い体質で、酔って乱れた姿を見せたことのない香澄でさえ、足元がふらつくほどだった。いつもなら帰る時刻になったのを忘れさせるほどの酔いだった。

悪いことに、酔えば酔うほど、香澄の舌はよく回り、男たちをやりこめる言葉がぽんぽんと飛びだしてくるのである。そして例によって、いや、それ以上に過激に、彼女は同級の男子学生たちの吹っかける議論をことごとくこてんぱんに論破し、ぐうの音も出ないまでにやりこめてしまった。

香澄がトイレに立った時、鼻白んだ若者たちの間に沈黙が訪れた。

その時だ。バスルームのドアが閉じた音に耳をすませていた竜介が、思いがけない言葉を口にしたのは。

「おい、今夜という今夜は、どうもがまんができない。香澄を姦ってしまわないか」

他の二人は耳を疑ったようにまじまじとリーダー格の竜介を見つめた。彼の性格は陽気ではあるが粗暴なところは少なかった。快活な態度ではあっても慎重に考えるタイプで、だからこそ三人のうちでリーダー格となっている。

その顔だちはきりりと引き締まって、しかも甘さも感じられるハンサムな部類で、女にはよくもてる。セックスの体験も三人の中で一番重ねている。ただ、特定のガールフレンドも恋人もいない。

「何を言ってるんだ。本気かよ、竜介？」

由良渉が呆気《あっけ》にとられた顔で訊《き》いた。

その夜の竜介は、悪酔いしていた。悪酔いの原因が香澄の毒舌なのは間違いない。それにしても、ふだんは暴走しがちな相手を制する役まわりの彼が、自分からむちゃくちゃなことを言い出すのは初めてだった。仲間に向ける目つきが据わってしまっている。

「本気だ。そうでもなきゃ、今夜はおさまらない」

「冗談だろ？　そりゃこっちは三人だから、その気になれば香澄ひとり、姦るのはわけない。だけどその後だ。あいつのことだ、ただじゃすまないぜ」

つまり自分たちとは違う世界の人間だと、渉は指摘した。竜介はその言葉を手で軽く振り捨てる仕草をしてみせた。

「なあに、姦ってしまえば、後は心配することない。……おれが見るところ、あいつは男の体験が薄い。ひょっとしたら処女かもしれない」

「ああ、それはあるな……」

渉と大河内規久也は頷いた。それはなんとなく思っていたことだ。

外山香澄のような活発で外向的な性格の美しい娘が、二十一歳になる今まで男性とのセックスを経験していないなど、ふつうは考えられない。しかしこれまで三年近く付き合ってきて、彼らは学内、学外を問わず、香澄が誰か男性と親密な関係になったという噂を聞いたことがない。

「おれは匂いで、そう思う」

ふだんは性的な話題にはあまり加わらない規久也が、ふいに目をギラギラ輝かせながら口を挟んできた。

「あいつは、そこいらへんの尻の軽い女の子とは違う。間違いなく処女だろう。そういう匂いだ」

つまり成熟し発情した牝のフェロモン的な体臭を放つことが少ない、というのだ。

「そうか、おまえは匂いの専門家だからな」

二人の友人は感心したように大河内規久也を眺めた。背が低く小太りで、度の強い眼鏡の向こうでいつも眠そうな目つきをし、短く刈った坊主頭のせいもあって修行中の僧にも見えないことはないが、全体的に牛を思わせるのっそりと鈍重な雰囲気のこの若者は、かつて同級の女子学生たちの関心を集めたことは一度もない。

その規久也が、実は非常に嗅覚が敏感で、通り過ぎた女が生理中かそうでないか、すぐに分かると常々自慢している。

「だったら聞くが、香澄はいま生理か？」

竜介が身を乗りだすようにして規久也に向けて尋ねた。

「いや、生理ではないな。確実だ。そういう匂いではない。……ええと、あと間もなくで始まるはずだな。先月のから計算すると」

つまりこの前、いつ生理になっていつ終わったのか、その周期を規久也は匂いから知っているのだ。竜介と渉は顔を見合わせた。

「すごいやつだな。触らないで嗅ぐだけで周期が分かるのか」

竜介は顎を撫でた。

「だとしたら、今夜は姦るにはいいタイミングということだ。安全期間だ」

「おい、本当に姦る気か？」

渉がもう一度、竜介に訊いた。

「おお、おれは姦る。あいつがさんざんバカにした男が、どんなものか教えてやらないと気がすまん。アッソン、規久也、おまえたちはまだ我慢できるのか」

「うーむ、確かにな」

渉は腕組みして、頷いた。由良渉は面長で、貴族めいたおっとりした顔だちをしている。だから陰では「アッソン」と呼ばれている。朝廷に仕える高級官僚としての平安貴族の敬称が〝朝臣〟で「あそん」と呼ばれるのがふつうだが、互いに呼びあう時には「あっそん」とも言う。渉の容貌のみならず挙動にも、平安貴族の優雅さを感じたのか、香澄が何とはなく口にした言葉が、そのままニックネームになってしまった。

そのおっとりした顔だちが、今は酔いのために赤らみ、歪《ゆが》んでいる。

「今夜のあいつは特に許せぬことを口走りやがった。おれも腹の虫がおさまらないところがある」

憎々しげに言い放った。彼の親は山陰地方の小都市の神官、つまり神主で、それゆえ息子の渉は天皇というものに崇敬の念を抱いている。

その彼らをからかうようにして、外山香澄は天皇制の批判を、今夜は特に痛烈にやってのけた。それが渉の、本来ならかかるだろう理性のブレーキを緩めている。

理性のブレーキが緩んでいるのは、竜介も規久也も同じと言えば言える。渉は天皇制でやりこめられ、竜介はその好色性を光源氏と比較されてさんざんにけなされ、規久也は近代から現代の和歌に対する知識が浅薄だとして、罵倒嘲弄された。

なぜその夜に限って香澄の毒舌がそれほど冴えたのか、それは彼らにも分からない。分かっているのは、香澄は彼らが守ってやるべき存在とは、とうてい思えないほど調子にのっていたということだ。

そして、不思議なことに、憎悪をかきたてるほど容赦なく彼らの弱点を突いてくる二十一歳の女子学生は、かつてなく彼らの牡としての欲望をそそる、牝としての魅力を芬々《ふんぷん》とふりまいていた。

「だから姦っちまおうぜ。あんな女は、どこかで懲《こ》らしめてやらないとつけ上がりすぎる。世の中の仕組みを体に覚えこませてやるのが、あの女のためだ」

ウイスキーの水割りをぐいと呷《あお》りながら、竜介がさらに血走ったような目をギラつかせて、正気になれば不条理としか言いようのない論理を言いつのる。

「しかし、問題は姦った後だって。香澄は逆襲してくるぞ。姦られっぱなしですむ女じゃない」

規久也が再び、その問題を指摘した。竜介は自信に満ちた態度で胸を張った。

「だから、ただ姦るだけじゃないんだ。イカせるんだ。ガンガンイカせる。ひいひい泣くほどよがり狂わせればいい。そうやって女の悦びに目覚めれば、逆襲するなんて考えない。かえってまた姦ってくれ、もっと姦ってくれ、と頼むようになる」

「イカせる？　あいつがそう簡単にイクかぁ？」

「いくら竜介がテクニシャンだとしても、バージンを破られたばかりの香澄がよがり狂うかな」

疑わしそうな顔と声になる渉と規久也だ。

彼らはどちらも童貞ではないが、セックスの体験をさほど積んでいるわけではない。香澄が予想どおりにまだ男を知らない体だとしたら、そう簡単に性的な快感を味わわせることができるものかどうか。

「大丈夫だ、こいつがある」

竜介は脱いだばかりのジャケットから小さな茶色の瓶をとりだして、二人の仲間の顔の前に、水戸黄門が葵《あおい》の紋のついた印籠《いんろう》をかざすような身振りで突きだしてみせた。瓶は彼の親指より少し大きいぐらいのもので、濃い茶色のガラスを透かして数粒の錠剤が入っているのが認められた。

「なんだよ、それ？」

「これはエクスタシーだ」

「エクスタシー？　ああ、ハイになるドラッグか？」

それは日本でも非合法とされて売買、所持を禁じられている麻薬の一種である。とはいえかなり穏やかな薬剤と思われ、地下の流通組織を通じて若者たちの集まる場に供給され続け、覚醒剤などよりはよほど入手しやすいドラッグであった。

「そうだ。実は、これをアルコールと一緒に使うと女はメロメロになって、イカない女でもイカせられると週刊誌に書いてあったんだ。女性ホルモンを多く含んでいるせいか、女に対する催淫作用があるらしい。それで、アンダーグラウンドの通信販売屋から買ってみたのさ」

「催淫作用？　イカない女をイカせられる？　本当かよ」

竜介は芝居がかった態度と表情で頷いてみせた。

「ああ、本当だった。実は、おれが付き合ってる女、ほら、家庭教師を頼まれてる年増の未亡人なんだが、不感症なんだな。おれがどんなにがんばって責めてもイカない。生まれてからこのかた、オルガスムスというのを知らない、というんだ。おれも口惜しいから、なんとかイカせてやろうと思って、こいつを買ったのも、その女のためなんだ」

竜介は学内の女子学生ばかりではなく、かなり広い範囲で女を漁《あさ》っている。彼は自分より年上の女を好むところがあり、また、そのホスト風な甘い容貌とがっしりした肉体に惚れてよろめく年上の女も多い。

竜介は東北の港町からやってきた。親は教員で、その仕送りは多いとは言えない額のはずだが、学生にはいささか身分不相応なマンションに住み、アルバイトもせずに悠々と遊び暮らしているのは、そうやって年上の女たちを悦ばせ、貢がせているからだ。未亡人から家庭教師を頼まれている——というのは名目だけで、それは彼女がおおっぴらに竜介と付き合うための口実である。

渉も規久也も、そういった学友の漁色行為を羨《うらや》みこそすれ、非難する気はない。口では「ヒモ」だの「ジゴロ」だの「ホスト」だのと言ってるが、相手の女をだましているわけではない。

「で、試してみた？」

興味しんしん、身をのりだして規久也が訊いた。得意げな表情の竜介。

「おお、昨日試してみた。いやあ、ここで粉にしたやつをビールにこっそり混ぜて飲ませたら、十分もしないうちに自分から腰をもじもじさせて、キスしただけでパンツの中がぐしょぐしょ濡れ濡れになってしまった」

「うそだろー」

「本当だってば。こいつはやっぱりアルコールに混ぜると効きがいいらしい。寝室で縛ってから少し指マンしてやっただけでイッて、あとはもうイキまくり。あそこもギュウギュウに絞まって、それはもうえらい目にあった」

「そんなに効いたのか」

「今朝は太陽が黄色に見えた。腰が半分抜けたみたいで、昼まで意識不明で寝てた。おかげでゼミに遅れてしまった」

それでその夜、竜介がふだんより早く、深く酔った理由が分かった。

「な？　今まで一度もイカなかった女にそれだけ効いたんだ。香澄に効かないわけがない」

二人の仲間はお互いに顔を見合わせた。竜介が持ちだした催淫薬が、彼らの決断を支援した。

「それだったら……、もし効くのなら、やってもいいが……」

竜介はこれまでよりももっと悪党じみた、歯を剝《む》きだすような笑いを見せた。

「もう、飲ませてあるんだ。実は」

「ええッ？」

「さっきの店でな、あいつがトイレに立ったろ？　そのすきにビールの中に錠剤を砕いた粉をひとつまみ入れてみた」

渉が唸《うな》った。

「それでか……、香澄、あいつが急に酔っぱらったように見えたのは」

「そういうことだ。今だってトイレに行ってなかなか出てこないだろう？」

「そう言えば……」

香澄がトイレに立ってから五分は経過している。放尿にしては長い。竜介はまたニタリと笑ってみせた。

「たぶん、オナニーしてるんだ。興奮してきたもんだから、がまんできなくなって……」

「オナニー……」

男たちは部屋を出て短い廊下の向こう、バスルームの閉じたドアの向こう側を想像した。もちろん二枚のドアと空間を隔てているから、何の物音も聞こえないのだが。

竜介は茶色の小瓶の蓋をとり、香澄が飲んでいたウイスキーのグラスに、さらに白い粉末を落とした。すぐに拡散したそれは、ウイスキー本来の色に混じってしまった。

「…………」

沈黙してそれを見守る仲間二人に、竜介はさらに迫った。

「香澄がこれを飲めば、もっとメロメロになる。見計らって三人で飛びかかる。そして……」

ベッドが置かれている洋間にあごをしゃくってみせた。

「あっちの部屋に連れ込む。ここは角部屋だし、下の部屋は昼だけの事務所だ。少しぐらい暴れたり大声出したりしても心配ない。まあ口を塞いでしまえばあとは楽勝だな。それにおれがSMを楽しむために、いろいろ仕掛けもあるし、道具も揃っている」

竜介の即興的にたてた計画を聞いているだけで、二人の若者は眼前に抵抗力を奪われた美しい娘の乱れた姿を思い浮かべることが出来た。

「時間ならたっぷりある。三人で好きなように朝までいたぶってやろうじゃないか。そうだ、カメラがあるから、それで姦られてるあいつを写してやるんだ。なに、さんざんイカされたら、最後はあいつは言うなりになるって。おれたちの奴隷になるというまで責めてやる。帰さない。あいつは一人暮らしだし、期末でもう授業もない。二、三日連絡がなくても、誰も心配はしない」

「奴隷、か……」

規久也がぶあつい唇から吐息のような言葉を吐いた。

「おまえたちもＳＭを思う存分やりたいんだろう？　それが実現できるぞ。あの外山香澄なら、奴隷にするのに不足はないだろう」

涉と規久也はまた顔を見合わせた。

確かに、偶然とは言いながら、この部屋にいる三人の若者は、女を拘束し責め嬲《なぶ》る行為にそれぞれ関心を抱いている同士なのだ。

第二章　愛好者の陰惨な欲望

——三人が同じ趣味を持つことが分かったというのは、この部屋に頻繁に集まるようになったこの春のことだ。

竜介の本棚の中にはＳＭ雑誌や小説、さらに裸女の緊縛写真集がこれ見よがしに放置されていることが多かった。最初のうちはそれぞれ見て見ぬふりをしていたのだが、ある夜、三人とも酒が回った頃、渉が思い切って訊いてみたのだ。

「おい、竜介、おまえやけにＳＭの本があるな。そっちの趣味があるのか……」

友人から問われて、ふだんは清潔で涼しげな印象のハンサムな若者は、ニンマリと笑ってみせた。

「ああ、おれはふつうのセックスにはあまり興味がないんだ。女を縛って性器を責めないとどうもヤル気が出ない」

聞けば、大学生になって初めて誘惑された人妻がマゾ性の強い女で、若者に自分を縛らせて、特に性器をさまざまに嬲《なぶ》らせ責めさせて絶頂を味わう、そういう嗜癖の持ち主だった。その女に教育される形で竜介は自分のサド性を覚醒させ、強化させ、ついには女を縛って性器をさまざまに責めないと燃えないほどになってしまった。

だから自分の部屋のベッドは今どき珍しい、鉄製のパイプが枠組みとなり、四隅に彫刻をほどこされた鉄柱が立つ、四本柱式と呼ばれるクラシックなものだ。言うまでもなく、女の手足を広げてその柱に縛りつけるためにそんな重いベッドを買ったのだ。

壁のあちこちには、額縁を吊ると見せかけた鉄製の鉤が、コンクリートの壁深くに打ちこまれている。これも女体をさまざまに吊るしたり固定するためだ。

縄、手錠、枷《かせ》などの拘束具。さまざまなバイブレーターやディルドー——女性器を責めるための模擬男根——の類《たぐ》いも豊富に揃っている。竜介はこの部屋に連れこんだ女たちを、自分の快楽の生贄《いけにえ》にするため、いろいろな工夫や努力を惜しまなかった。

ひととおり自分の秘密の性癖を打ち明けた竜介は、渉と規久也に聞いた。

「おまえたちはどうなんだ。こういう変態的なことに興味はないか？」

友人の赤裸々な告白に誘われて、まず渉が、これまで自分の秘密にしてきた嗜癖を打ち明けた。

「おれは女を奴隷にして、肉体的に責めることを夢見ている。まだ実際にやったことはないが……」

そのきっかけはまだ小学生の頃、家に寄宿していた叔父が、誰かから借りて隠し持っていた、外国製のポルノビデオを発見したことだった。

家族に隠れてこっそり一人で見た渉は、画面に映し出された残酷な光景に腰を抜かしそうになったほど驚いた。

白人の女が黒人の男たちに輪姦されるシーンで、黒人の男たちはある者は鞭を使い白い肌をズタズタに引き裂き、ある者はライターの炎で乳首や陰毛を焼いた。また、天井から逆さ吊りにされて水槽の中に沈められる水責めや、足の裏に煙草の火を押しつけられる責めを受け、最後には獰猛《どうもう》な牡の番犬三匹によって体が血まみれになるまで犯されたのだ。

「そのビデオを見ているうちにペニスがギンギンにおっ立ってきて、がまん出来なくなってオナニーをした。すごい快感だった。それでも昂奮がおさまらず、結局、ビデオが終わるまでに三回、射精してしまった。それ以来、女をそうやって痛めつけることばかり考えてオナニーするのが癖になって、今やそれ以外のことでは、あまり昂奮しなくなったのは竜介と同じだな」

そうなると、規久也も絶対に明かすまいと思っていた嗜癖を明かす勇気が湧いた。

「おれの妄想の焦点は、おま×こじゃない。肛門なんだ。セックスもアナルセックスしか興味がない。女に浣腸してひいひい泣かせてケツの穴をぶっすり犯す。それがおれのやりたいことだ」

その原点は、渉と同様、勃起は覚えるがまだ精通をみない小学四年生の頃の体験だという。なぜか規久也は友人たちにその体験を明かそうとはしなかったが、その時に規久也は生まれて初めての射精を覚えたというのだから、どんなに強烈な体験だったかは想像できようというものだ。

驚いたことに、渉が想像の世界にとどまっているのに、規久也のほうはかなりの体験を積み重ねていた。彼は上京してからいろいろ調べ、アナルセックスとスカトロプレイの専門店を渋谷に発見した。以来、アルバイトで金を貯めては一カ月に一度ほどその店を訪ね、その訓練を受けた風俗嬢を相手に、緊縛を伴う浣腸プレイ、アナルセックスを楽しんできた。

「そうだったのか、いやあ偶然だな、変態が三人揃った。まさに類は友を呼ぶ、だ」

友人たちの告白に竜介はおおいに喜び、彼らが自分のコレクションを自由に閲覧することを許し、三人だけで飲む時はこれまでの、また今の情婦たちとの倒錯的なプレイを、自慢げに語って聞かせるのが常になった。

そういう話は、これまでまだ一度も自分の妄想を実現できない渉や、金と引き換えに薄められた快楽しか得られない規久也を内心、身悶えするほど悔しがらせ羨ましがらせるものだった。それだけに、彼らのどす黒い陰惨な欲望はますますぐらぐらと煮えたぎり続けるのだった。

同じ嗜癖をもつ友人たちに、その夜、竜介は共犯者として誘うために、いろいろ弁舌を駆使して、彼らの欲望をさらに煮えたぎらせるような熱い刺激を与えた。

「おまえたちもＳＭを思う存分やりたいんだろう？　あいつを姦って、ひいひいよがらせて、忘れられない男の味とマゾの味を教えてやれば、それが実現できるぞ。あの外山香澄なら、奴隷にするのに不足はないだろう。おれたち三人の奴隷に調教してやろうじゃないか」

その言葉が、ついに彼らのわずかに残っていた理性を完全に追いやってしまった。

「奴隷か……。よし、やってやろうじゃないか。あの高慢ちきなお嬢さんを奴隷にしてやろう」

竜介同様、すっかり目が据わった渉が怒鳴るような声で言った。

「それでこそ男だ。規久也、おまえも乗るな？」

竜介に問われて規久也も頷いた。

「やる」

「よし。だったら、こうしよう」

廊下の向こう、バスルームにいる香澄の存在を意識しながら、竜介はすばやく指示をくだした。それは簡潔にして適格なものだった。なにせこの部屋で、さまざまな女たちを相手にSMの快楽に耽《ふけ》っている男だ。経験があるうえに道具もそろっている。竜介はやはりリーダーとして信頼できる。二人の仲間は耳を傾け、頷き、手順を脳裏に叩きこんだ。

「問題は姦る順番だが、おまえらに先を譲る。二人でじゃんけんでもして決めろ」

竜介に言われた規久也が答えた。

「おれは前を姦るのには興味がない。一番槍はアッソンにまかせる。おれは後ろのバージンをいただく」

「それでは遠慮なく」

渉に異議はなかった。

だいたいの取り決めがついたところで、バスルームのドアが開き、外山香澄が級友たちのところに戻ってきた。

「香澄、ずいぶん長かったじゃないか。気持悪くして吐いてたんじゃないのか、今夜はもう帰ったらどうだ」

竜介が思いやりのある言葉をかけた。そう言われれば反発するだろうと、驕慢で負けず嫌いな彼女の性格を見抜いたうえでの言葉だ。案の定、香澄はドシンと椅子にジーンズに包まれた尻を落とすなり、ケタケタと高笑いした。

「なーにを言ってるのよ。ただ、ちょっと眠ってしまっただけ。いまはもう気分は上々、さあ飲み直すぞお」

そう言いながら、グラスに残っていたウイスキーをグイとひと息に呷ったものだ。三人の級友がすばやく目配せを交わすのに気づきもしない。

アルコールとともに摂取された催淫作用をもつ薬剤は、たちまち効果を現わした。

いちばん酔っていない、いや、ほとんど酔っていないと自負していた娘が、みるみる急激に酔いが回りだし、級友たちを抜き去ったのだ。

「私は酔ってないわよ。ぜーんぜーん酔ってなああい」

ケタケタ高笑いする彼女を、男たちは挑発し、さらにドラッグ入りのアルコールを飲ませた。彼女はしどけなく酔い乱れてゆく自分の肉体が、どれほど同年代の若者たちの獣欲を刺激するのか、まったく気にかけていなかったのだ。最後の瞬間まで。

何げないふりをして竜介は立ち上がり、換気のため少し開けていた窓をぴったりと閉ざして内側からロックし、カーテンも閉ざした。近隣に悲鳴や物音が聞こえないようにという配慮だ。

それからトイレに立つふりをして香澄の背後に回り、システムキッチンの戸棚から梱包用の粘着テープを取りだした。

呂律《ろれつ》が怪しくなった舌でなお議論をふっかけている香澄の背後に立った竜介は、粘着テープを香澄の頭ごしに渉にほうり投げた。

「いくぞ」

それが合図だった。二人の若者は椅子を蹴るようにして立ち上がった。竜介は背後から香澄の左右の手首を握り、それをぐいと持ち上げた。頭の上で手首同士がくっつくような、座ったまま両手を頭上に伸ばす姿勢にしてしまう。

「何をする気？　やめてよ、ふざけたことは……！」

それが凶悪な意図をもって仕掛けられた攻撃だと悟るには、女子学生の脳はアルコールと薬物で麻痺させられすぎていた。

強引に立たされた香澄の何か言おうとする口に、渉が二十センチぐらいの長さにちぎった粘着テープを貼り付けた。強力な糊の粘着力によって上下の唇はぴったりと密着させられた状態で固定された。

「む、ううう……」

口を塞がれたことで香澄もさすがに危険を察して暴れようとしたが、竜介は彼女の座っている椅子を背後からぐいと食卓に押し付けるようにした。彼女の体は食卓と椅子の間に挟まれて身動きがとれない。

「くくってしまえ」

竜介の指示に応じて渉は粘着テープを香澄の手首にぐるぐると巻きつけた。

「よし、足だ」

食卓に押しつけていた椅子を引き戻す。香澄は足で蹴飛ばそうとしたが、左右から彼女にとりついた渉と規久也は、ジーンズに包まれた彼女の腿を一本ずつがっちりと抱え込んだ。

「持ち上げろ。連れてゆくぞ」

すんなりとした若い娘の細やかな体が、三人の男の力でかるがると宙に浮いた。

不意を打たれた香澄には、反撃や脱出のチャンスはまったくなかった。

三人の若者たちは抱えあげた香澄の体を寝室へ運び、セミダブルのベッドの上、羽毛のかけ布団の上に仰向けに落とした。

両足をバタバタ動かし、さかんに暴れる香澄の胴体の上に竜介は馬乗りになった。男の体重を受けて、

「ぐ……！」

口を塞がれている香澄の鼻腔から苦悶の呻《うめ》きが噴きだした。

「おい、アッソン、おまえの側の机の引き出しに縄が入ってる」

片手で香澄の腿を抱え込みながら、渉が言われたとおりにベッドサイドの小机の引き出し

を開けて、麻縄の束を取りだした。

細い、強くねじるとポキリと折れそうな手首と手首が、粘着テープによってとりあえずくり合わされた上から、竜介は手際よく麻縄をかけ回した。何度も女たちの肌肉に巻きついたものなのだろうか、脂を吸ったような光沢を持っている。

粘着テープによって肌は麻縄から保護された形になり、かなり緊《きつ》く縛られても擦《こす》れたりして傷がつく恐れはない。竜介は自分が馬乗りになった香澄の両腕を、頭の上に差し上げた形で手首をきっちりと縛りあわせた。

その縄尻をヘッドボードの上に走る鍛鉄のパイプに巻きつけて留める。四隅に立つ鉄柱の、頭の側と足の側、左右を結ぶかたちで鍛鉄のパイプが溶接されている。これは生贄となる女体を拘束するには、さらに都合がよい。

「ジーンズだ」

両手の自由は完全に奪ったが、それでもなおビンビンと暴れる女体を馬乗りで御しながら、竜介が言葉短く命令する。規久也が香澄のジーンズからベルトを引き抜き、前のファスナーを引き降ろした。

「うー、ふぐーう、うぐふふーぐぐ！」

鼻腔から怒りの言葉を息だけで吐きだしている女子学生のジーンズが、ぐいぐいと手荒にひっぱり下ろされた。パンストもソックスも穿いていない。純白のコットン素材のパンティに包まれた腹部が丸出しになった。

三人がかりで押さえこまれる女体から、二十一歳、健康な若い牝の刺激的な体臭がむうッと立ちのぼり、若者たちの鼻腔を痛いほどに刺激した。

今の今まで友人だと思っていた若者たちが、これまで見たことのない血走った目になり、自分の服を脱がしにかかってくるのを見て、彼女はこれまで抱いていた一縷《いちる》の希望、これが悪ふざけだという思いこみを捨てた。獲物を見つけ、柔肉をズタズタに引き裂こうとしている飢えた狼なのだ。

ジーンズが爪先からすっぽりと抜き取られてしまうと、下半身は瞬時、自由になったので、香澄は両足を跳ねあげさせて目の前の男たちを蹴りあげ、自分でなんとか逃げだそうという動きを見せた。もちろん渉も規久也もそんな抵抗はものともせずに、それぞれ片方ずつの足を摑んで左右に割り広げるようにがっちりと押さえこんだ。勝負は決まった。

「よし、この縄で、片足だけベッドに縛ってしまえ」

別の麻縄の束を投げて、竜介が指示した。渉が自分の側の足首に縄を巻きつけた。

「そっちは少しぐらい跡になってもかまわん」

いつもジーンズを穿いているから、香澄の足首に傷がついても目立たないだろう。渉は頷いて、それでも出来るだけ慎重に足首を縛り、彼女のすんなりした右足をぴんと伸ばすようにして、右側の鉄柱にしっかりとくくりつけた。これで渉は自由に動ける。

規久也も応援して、今度は左足が左側の鉄柱にくくりつけられた。左右に股を広げる形で、股間に縦長の二等辺三角形ができた。上から見ればYの字を逆さまにした姿勢で、香澄は三点でベッドに固定されてしまったのだ。

「うー、うー……」

香澄の憤怒の形相が、ここにきて失《う》せた。自分の立場を考えれば、もう彼らのなすがままだ。助けを呼ぶことも逃げることも抵抗することもできない。

「やめてちょうだい」

彼らに哀願するしかない、そう気づいたのだ。暴れるのをやめたわけではないが、塞がれた口から洩れる声が切なく訴えるようなものになった。だからといって若者たちの攻撃の意欲が少しでも削《そ》がれたかというと、まったくそんなことはない。

（こうなれば、あとは思いのままだ）

竜介、渉、規久也、三人とも襲撃の第一段階が成功したことを確信した。学部きっての秀才、美しさでは全キャンパスでも五指に入る、ハイソサエティに属する驕慢な娘を彼らは屈服させたのだ。

この瞬間、もはや彼女は自分たちが二年半、友人として接してきた香澄ではなかった。若々しく瑞々しい肉を持つ、サディスティックな牡の欲望の対象、獲物として生贄としての牝という存在でしかなかった。

「もう手も足も出せない。じっくりかわいがってやろうぜ。焦る必要はない、まず感じさせることだ」

竜介は馬乗りになっていた体を降ろし、ベッドからも降りたって、仰向けの姿勢で自由を奪われている香澄を見下ろした。彼女が身に着けているのは、今や黒いTシャツと、その下にあるはずのブラジャー、そして白いパンティだけだ。

「けっこういい体してるじゃないか」

ふだんから運動不足気味の規久也が、酔っているうえにいきなり激しく動いたことで息を切らし、ハアハアいいながらも感嘆する眼差しになって、ベッドの上の女体についての感想を洩らした。

「そうだよな。もう少し骨ガラかとおもったら、腿もケツもけっこう肉がついてモチモチしてるじゃないか」と渉。

「じゃあおっぱいはどうなのかな」と竜介。

ふだんは牛のような鈍重さと温和な面貌によってだまされてきた香澄に、規久也が分厚い唇をなめるようにしながら覆いかぶさろうとした。

「待て、規久也」と竜介は制止した。

「一段階ごとに写真を撮っておこうぜ。外山香澄が感じてゆくところを。そうだ、録音するのもいいかも」

隣の居間から竜介はカメラとポータブルのMDプレーヤーを持って戻ってきた。プレーヤーのデッキにMDを入れて録音ボタンを押す。

カメラをかまえてからお預けを食っている仲間二人に指示した。

「いいぞ、二人で好きなふうに可愛がってやれ。感じるようにだぞ。どこを触ってもいい。ただしパンツは最後に脱がせるんだ。いま、食い込んでいるだろう？　股のところ」

ファインダーを覗きながら、カメラのズームレンズを、香澄の強制的に開脚させられた下半身、白いコットンの、二重になった布が股間を覆っている密着した部分に向け、シャッターを切った。青白い閃光と共にシャッターがバシャリと落ちた。

自分のあられもない、惨めな姿を撮影されて、香澄の端麗な美貌が歪み、顔色は青ざめて次に真っ赤になった。せめて真っ正面から写されまいとして顔を背ける仕草がいたいたしくも哀れで、不思議なことに男たちのどす黒い欲望の炎は、その仕草によってよけい燃え上がらせられた。竜介はレンズを彼女の股間に向けたまま言った。

「ここのところだ。表面的にはまだ汚れてない。おまえたちが触りまくればおま×こは濡れてくる。濡れてくればシミになる。そのシミが表面まで達したら、その時が姦り時ということだ。さあ、いいぞ」

ゲートを開けられた競走馬のように、規久也と渉はベッドに仰向けにされて逃げられない、悩ましい匂いのする肉に飛びついた。規久也は香澄の左から、渉は右から。三人の重みで骨董品の鍛鉄製ベッドのフレームがガタガタいい、スプリングがギシギシと軋《きし》んだ。

「うー……」

粘着テープで口を塞がれた美しい娘の顔が恐怖と嫌悪に歪み、鼻腔から押し殺された叫びが噴き出した。

「邪魔だ」

渉の指が香澄の上半身を包んでいる黒いTシャツを鷲づかみにすると、力まかせに引っ張った。

びりり、ビシャー！

黒い木綿の布はラクラクと引き裂かれ、瞬時にボロ布と化して投げ散らかされた。

「ぐ、……」

必死になって暴れ、抵抗しようとする香澄の上半身が露《あら》わになった。下は白いブラジャーが若い娘の胸の隆起を覆い、保護していた。規久也がカップとカップの間に指をこじ入れて連結部をちぎった。

豊かに、というほどではないが、それなりにこんもりと、椀型に形よく盛り上がった乳房だった。

他の部分よりもいっそう白さがきわだち、青白い静脈が透けて見えるその隆起は、男たちの想像していたよりも豊かで、かつ女らしかった。

「すげえ、ピンク色」

目を剝いて乳首を見つめた渉が、心を奪われた者の声になって呟いた。確かに、乳暈も乳首も色素が薄い、ベビーピンクに近い色彩だった。

「これは……やっぱり処女かな……」

あまりにも清純かつ可憐な乳首に、男たちは顔を見合わせて異口同音に呟き交わした。乳首や性器の色素が薄いことが、そのまま性体験の希薄さにつながらないことは彼らも知ってはいる。色素が濃くても処女、処女同然という女性もいるし、薄くても男性遍歴がすごい娼婦だっている。しかし、香澄の場合はふだんから周囲に男を感じさせない雰囲気であるし、その態度にも男に馴れたという匂いがない。

「む……」

乳房をまる出しにされた香澄が驚愕して体をよじろうとする。我に返って、そうはさせまいと左右から力ずくで押さえこむ渉と規久也。その三人の姿を、竜介はファインダーの中におさめてシャッターを切る。閃光、バシャッというシャッター音。

「いいぞ、おまえたち。香澄を感じさせろ。舐めろ、吸え、しゃぶりつけ」

竜介に煽《あお》られるまでもなかった。パンティ一枚にされた香澄の、若い肉が放つ、牝の芳香に脳を痺《しび》れさせられた若者二人は、鼻を突きだす犬さながらに顔を胸の隆起に近づけ、その突端で震えている乳首に吸いついた。

「うー、ううぐ」

左右の乳首を級友の男たちに吸われしゃぶられた香澄の体が、弓なりに反り返った。

「最初は優しく舐めてやれよ。嚙むのは感じてからだ。舌を使え。手も使え。揉んでやれ。さすってやれ。そうだ、その調子だ」

竜介は巧みに言葉を操りながら、カメラを構え、シャッターを切る。男二人にむきだしの乳房を揉まれ、乳首を吸われ悶え暴れる美しい女子学生の裸身をカメラに納めてゆく。

「ひええ、いい匂いがするな。これはたまらん……」

一気に酔いを発したように顔を真っ赤に上気させた規久也が、乳首から唇を離すと、乳房の外側の曲面に添って舌を這わせながら、顔を無防備にさらけだされた香澄の腋窩《えきか》へと埋めていった。

「うー、むー……！」

柔肌、しかもめったに他人に触れられることのない敏感な部分を舌で舐められる刺激で、香澄は呻きながら、釣りあげられた若鮎のように、白い、若さの輝く瑞々しい裸身をビンビンと跳ね躍らせた。

「そうか、では、おれも……」

渉も反対側の腋の下に顔をつっこみ、鼻をくんくん鳴らし、ぺろぺろと舌でくぼみを舐め回した。

「ひー、むー……、ううっむ」

真っ赤になった香澄が暴れる。その胸には二人の手が這いずりまわっている。

「いいぞ、その調子でゆけば絶対に感じさせられる」

竜介は言い、閉めきった部屋の中で四人の人間が最高に興奮しているために、熱気がすさまじくこもっていることに気づいた。全員がひどい汗をかいている。

「くそ、エアコンを最大にしてるのに暑いな。おい、脱げよ、おまえたちも」

竜介は言い、着ているシャツとズボンを脱ぎ捨てた。他の二人もそれにならい、たちまち全員が下着一枚になった。

竜介は黒いイタリア製のシルクブリーフ。マゾヒストの情婦が貢いでくれた有名ブランドのものだ。規久也もブリーフだが白い木綿の、ごくスタンダードな形のもの。渉はトランクスだ。彼らの下着はそれぞれ内側から膨張し屹立する肉器官のために布地が持ち上げられ、テントを張った状態になっている。

ふたたび香澄の上に覆いかぶさってゆく裸の仲間を背後に、竜介はキッチンに赴いてウイスキーの水割りを作った。それぞれに少量のエクスタシーを混ぜ、かきまぜた。それだけの量があれば彼らの理性は麻痺し続け、獣の欲望のままに行動するだろう。

それを両手に持って寝室に戻ると、香澄はくくりつけられた縄の許す範囲で強引に横向きにされていた。その彼女を挟むように、いわゆる「川の字」に、前から渉が痩身を、規久也が後ろから肥満体を重ねるようにして、それぞれが愛撫と玩弄の技巧を駆使していた。

渉は、香澄の顎やら首筋やらに唇を押しつけ、舌で敏感な肌を舐め回し、右手は左の乳房を揉み、左手は腰のくびれのあたり、パンティに包まれた腹部を撫でている。

規久也のほうが香澄の背後から抱きつくようにして、彼女の右の乳房を自分の右手で覆うようにして揉み潰しながら、唇は項《うなじ》の髪の生え際に押しつけ、鼻は長い髪の中に埋められている。彼は、ヘアバンドを取り去って乱れ放題の黒髪の匂いを思いきり吸って、陶酔している。

「あうう、うー、むむ……、ぐ、うぐう、ぐふ、うー……ッ」

二人の男に前と後ろから挟まれる形で裸身を玩弄される香澄は、さかんに暴れもがいているが、その動きが微妙に変化しているのを竜介は見逃さなかった。

「おい、お嬢さまは感じてるようだぞ。渉、規久也、検査してみな」

竜介が声をかけると、二人は関心を生贄の下半身へと集中させた。

「う……！」

必死になって腿を閉じ合わせようとする香澄だが、男二人が左右から力を込めて割り裂くのにはかなわない。女らしいむっちりした肉づきを見せる二本の太腿は思いきり左右に広げられて、白い木綿の布に覆われた下腹部と股間が、天井からの明るい蛍光灯の明かりの下にあからさまにされた。

「おお」

「はあー」

「ひえーッ」

三人の男はそれぞれに驚嘆と満足の意味をこめた声を発した。

さっきはただ真っ白だった、パンティの二重になったクロッチの部分、谷間を刻んで食い込んでいる布に内側から溢れ出た液体がシミを作っている。

規久也が顔を近づけクンクンと鼻を鳴らした。

「これは小便じゃないな。そういう匂いじゃない」

「愛液か。だったら感じてるということだ」

「そういうことになるな」

自分を襲った若者たちのニタニタと淫靡な、勝ち誇ったような笑い顔を見て、香澄の顔はさらに真っ赤になり、その紅潮は喉頸、胸元から全身へと及んだ。

「じゃあ、確かめてみよう。お嬢さまがどれほど感じてるのか」

竜介は料理用のキッチン鋏《はさみ》を手にした。それを見た香澄の目がカッとみひらかれた。

自分の体の一番の秘密の部分、羞恥の中心部をこれからさらけ出されるのだ。恐怖で顔が歪む。それが若者たちのサディスティックな欲望をさらに煽った。彼らの男根はそれぞれの下着の中でさらに昂ぶり、そそり立った。

「おい、しっかり押さえててくれ」

渉と規久也に言い、ベッドに這い登って香澄の美しい形の二本の脚の間にあぐらをかいた竜介。手を伸ばして臍《へそ》の下のところで腰ゴムを摑み、ぐいとパンティの布地を引っ張った。

「う……」

暴れようとする女子学生に、竜介は叱咤した。

「動くな。ケガをするぞ」

その言葉で香澄は抵抗を止めた。肌が傷つく恐れよりも、どんなにあがいてもムダだと悟ったのだ。顔をそむけた。鋏の刃がまずゴムを切断した。

ジョキジョキ。

非情な音をたてながら鋏の刃は薄い下着を臍の上から下へと切り裂いてゆく。

「ほほう、濃い毛だ。意外だな」

どんどん露わになる下腹部の肌を血走った目で見つめる渉が、感想を声に出した。

鋏の刃が斜めに向きを変えてクロッチの手前、内腿の鼠蹊部《そけいぶ》の部分でパンティを断ち切った。

「う……」

香澄がかたく目をつむった。歯も食いしばったに違いない。

女の、もっとも恥ずかしい部分を隠していた下着が、その役割を喪失してただの布きれと化し、竜介の手で取りのぞかれた。外山香澄はいまや素っ裸だ。

第三章　緊縛の強制愛撫

全裸に剝いた女体の、強制的に広げさせられた股間に三人の視線が突き刺さった。

「ほう……」

渉を驚かせたほど密生した濃い秘叢《ひそう》。

「こんなにお毛々を茂らせているとは思わなかったな」

竜介が言った。

一本一本は縮れの少ない、ツヤツヤとした、まっすぐな恥毛である。それがみっしりと繁茂して秘丘からその下の亀裂がある部分までを覆っている。パンティがぴっちりと包み隠していたせいで、秘叢は肌にくっつくように寝た状態だ。

そのままでは、若者たちのギラギラした視線がどれだけ刺すように鋭くても、直接、香澄の性愛器官を見ることは不可能だ。

だが、秘叢の下から薄白い液が溢れて、周囲の繁茂を濡らし、鼠蹊部から内腿の肌までをねっとりと濡らしているのは瞭然だった。

ツン、と鼻をつく酸っぱい、どこかヨーグルトにも似た匂いが立って彼らの鼻腔を刺激した。決して不快ではない、悩ましくやるせない芳香だ。

「確かに、これだけ濡れてれば、感じているということだな」

規久也が分厚いレンズを装着した眼鏡をずりあげ、頷きながら感にたえたような言葉を発した。

「そうだ。お嬢さまはおれたちに捕らえられて縛られ、裸にされていろいろいじくり回されるのがお好きなようだ。下のお口からこんなに涎《よだれ》をたらして嬉しがっている」

竜介が言いながら、二人にグラスを渡した。渉も規久也も、催淫薬が入っているとも知らずに、濃いめのウイスキーをぐいと呷った。彼らは眼前の光景に目を奪われ、激しく昂奮しているから喉もカラカラだ。二口三口でどちらのグラスも空になった。

「濃いヒゲだな。下のお口がいったいどこにあるか分からん」

規久也が言った。

「そうだよな。外見からは分からないものだ。お嬢さまがこんなにいっぱいお毛々を生やしているモジャモジャ女だとは……」

羞恥と屈辱にうちのめされている香澄を、さらにうちのめすような嘲《あざけ》りの言葉を吐きちらしながら、酔いの回った渉は、手指を伸ばして恥毛をまさぐり、かき分けた。

「なるほど、ようやく見えた。ここにありました」

よく発達したセピア色に近い、一部はもっと濃い唇に似た二枚の突出した肉が合わさっているのが、秘叢の底に見えた。歓喜して顔をさらに近づける男たち。

「ほうほう、涎さえ流していなければ、可愛いお口だ。少しすねたような感じがしないでもないが」

「それは、これまであまり、男のモノを食べさせてもらえなかったからじゃないでしょうか。おなかを減らしているのですよ」

「がはは。そうだったか。それで涎を……。いかんな、そんなに空腹では、さっそく何か食べさせてあげなければ」

「ちょっと待て、その前にクリちゃんの様子も見てあげなければ」

渉の指がさらにこんもりと盛り上がった部分の秘毛をかきわけ、視界を確保してからセピア色がかった肉弁を左右に広げる。

「うう、なかなか奇麗な色をしている」

三人の若者は、同年齢の娘の、これまで隠されていた女そのものの器官が展開されてゆく眺めに魅せられた。

ピンク色と言っても、濃淡があり明暗があり白みがかった部分から赤みがかった部分まで多彩なピンク色が濡れきらめいている。

「なんとまあ清純そうな色具合だ……」

規久也が吐息をつくようにして感嘆の意を表した。あとの二人は声もない。

「これがクリちゃんだ。香澄の最も敏感な部分……のはずだが」

「うーん、これはかなり大きい。勃起しているんじゃないか」

渉が形状の感想を口にした。確かにきらめくようなコーラルピンクの肉芽は、彼らが見慣れたそれよりも大きいようだ。しかもそれは粒のように丸くはなく、鳥の嘴《くちばし》のような尖りを見せた長楕円体に見える。

「肉のボタンというより、肉のつまみだな」

竜介が言うと、渉が二本の指を伸ばした。

「確かにね、これだけせり出しているのは、つまんでくれ、と言ってるわけだ。形態がメッセージを伝えている」

少女の、繊細な小指の先端を思わせる肉芽の突出部を指で軽くつまむようにすると、

「む、うぐ、うぐーぐーうッ！」

ひときわ激しく呻きを噴き洩らしながら、香澄の裸身がビンビンと跳ね暴れた。確かに肉

の突起を通じて電流が流れたように。

「これは……敏感なクリちゃんだ。だけど最初っから強くこするなよ」と竜介。

「言っておくけど、おれは軽く触れただけだぜ」と渉。

「どれ、おれにも試させろ」

竜介が身を乗りだし馴れた手つきで秘唇の合間、熱くぬめった泉に指を沈め、溢れる愛液をすくうようにしてから敏感な肉核に触れ、微妙に指先を動かした。

「む、うう、うーッ、ううーぐー……ッ！」

さらにビンビンと躍動する瑞々しい裸身。それは男たちをうっとりさせ、同時に血を滾らせるような眺めだった。

「すごい、えらく感じてる」

規久也が竜介の横から肥満体を押しつけながら訊いた。

「こんなに感じてる、ということはバージンじゃないということかな？」

「そうそう、それを確かめてみないとね。それによってこっちの覚悟も違う」

男たち三人の関心が、渉が叢《くさむら》を掻き分けた部分に戻った。

「うー……」

女の最も女らしい器官をまさぐられる、真っ裸にされた女子学生の裸身がまた暴れた。

今度は竜介も参加して、必死になって閉じ合わせようとする筋肉の動きを制した。

「お嬢さん、暴れることはない。おれたちが男のよさを教えてあげようというんだ。どうもまだ、それを理解していないような体だからね。ほう、ここはまあ、なんとぐちょぐちょだが……」

渉はさぐりあてた。桃色の濡れきらめく粘膜を左手の手指で広げて、右手のひとさし指をトロトロと愛液を溢れさせる膣口へと進めた。

「う、ううう」

びくんびくんと震える太腿の筋肉。香澄の顔が歪んだ。渉は指の侵入を止めた。

「うーん、幸か不幸か、お嬢さまはまだ誰にもここを突き破らせていない」

驚嘆し笑いながら、下着一枚の裸を、女の股の間にうずくまらせた。

「うぐ、む、ぐぐう……ッ、うぐー……」

白い肌をもつ瑞々しい肉が震え、のたうった。明らかに苦痛を覚えている。

「おお、それは見たいものだ」

「よし、見よう」

竜介が小机からペンライトを取りだした。三人の頭が股間へと集中した。まるで獲物を争う猛獣のようだ。

ペンライトの光が濡れた粘膜を輝かせた。美しいピンク色だ。ピンクといっても濃度と彩度がさまざまに違う。真珠母貝の貝殻の内側と肉を見るような、幻想的な華麗さ。

まず竜介が自分の指を使って広げた部分にペンライトの光を当て、まじまじと覗きこんだ。

「ふうむ、なるほど……。確かに挟まって小さな穴しか開いてない。誰のチ×ポコもまだ突っ込まれたことがないのは確かだな」

規久也、渉がそれぞれペンライトを持ってかわるがわるに覗きこんだ。

規久也が初めて見る処女膜の感想を口にした。竜介が解説する。彼はまたカメラを構えて、接写のシャッターを切った。ストロボの閃光を浴びる二十一歳の健康な女子学生の、まだ男を受け入れていない文字どおりの女の処女地を記録してゆく。

「処女膜だというけれど、膜じゃないな、これは弁に近い」

「膣がくびれていると言ったらいいのかね。瓶の入口のように」

「ふーん、こいつをこじ開けてやればいいのか」

「大丈夫か、渉」

「大丈夫だって。これだけ涎を垂らしてるってことは腹を空かせてるということだ。おれのソーセージでよければ、食べさせてあげましょう」

渉がブリーフを脱いだ。

「おおお、おまえだって涎をたらしてるじゃないか」

竜介は笑った。怒張しきった若者の器官はほぼ四十五度の仰角で対空砲の砲身のように天を睨《にら》み、充血して真っ赤にいきどおっている亀頭の先端からは透明な液をたらたらと糸をひくようにしてたらしている。

「それはもう、こんな旨そうなお肉を前にしてるんだから」

ゲラゲラと笑いながら、固く目を閉じている香澄の瞼《まぶた》を強引に指でめくるようにして、自分の屹立したペニスを見せつける渉。無抵抗の若い娘に対して、今は三人が三人とも徹底して遠慮なく下品になりきっている。

「……！」

鼻先にくっつかんばかりのところで、充血しきった男根が処女の視野いっぱいに広がったに違いない。香澄の目は一瞬、飛びだすのではないかと思うほどみひらかれ、その顔に驚愕と恐怖が浮かんだ。次の瞬間、瞼はきつく閉じられた。全身に戦慄が走った。

「おお、そんなに怖がるなって。痛いのは最初だけ。すぐに気持よくしてやるって」

たまらずに覆いかぶさろうとする渉を、その時、規久也がさえぎった。

「なあ、渉。おまえに開通式はさせるから、その前におれにしゃぶらせてくれないか」

真剣な表情で言われて渉はたじろいだ。

「しゃぶる……、おま×こをか？」

「ああ、いくらなんでも、いきなりズブリはかわいそうじゃないか。それにイカせまくってやるのがおれたちの目標だろう？」

「まあ、それは……そうだ。よし、好きにしろよ」

渉がひくと、今度は規久也が香澄の二本の脚の間にパンツ一枚の肥満体を這わせた。

「うう、なんていい匂いだ。クラクラするぜ」

度の強い眼鏡をかなぐり捨てて、両手をそれぞれの肉腿にあてるとさらに股を割り裂くようにして、黒く艶のある秘毛の草原に顔を押しつけていった。分厚い唇が香澄の秘唇に吸いつく。

「ううー、うーっ！　むううぐううう！」

口を塞がれている美しい娘の裸身が、ベッドの上でまたバタバタと四肢をうち震わせて暴れた。ベッドがギシギシと軋む。

ピチャ、グチュ、ジュルル、ンチャ、チュウウー、ズルズルッ。

規久也が夢中で処女の性愛器官に接吻し、舌で粘膜を舐めまくり、愛液を啜り飲むのを竜介も渉も、毒気にあてられたように呆然として眺めていた。

「おお、舐めれば舐めるほど本気汁が出てくるぜ。香澄は感じる体をしている。今までどうして男にやらせなかったのか、不思議だよな。では、クリちゃんを……」

一度、顔をあげて仲間に向けて愛液まみれの唇で笑ってみせた規久也は、また魁偉な容貌を美しい級友の股間に伏せていった。

「むー、ううう、ぐーふぐうぐふぐ！」

一番、敏感な部分を舌と唇で攻められる香澄が呻き悶える。その下半身がびくんびくんと跳ねるのを見て、竜介は渉の横腹を突いて言った。

「おい、あの腰の動きを見ろよ。まるで自分から規久也の顔に擦りつけてるみたいじゃないか」

今は凌辱の共犯者となった友人は目を細めて頷いた。

「ああ、間違いない、感じまくってる。あの腰の振りかたを見ればバージンとはとても思えない。おお、これはイキそうだぜ……」

「やるなあ、規久也。そこまで舐め上手だとは思わなかった」

友人たちの感嘆と冷やかしまじりの激励を背に受けながら、香澄の下腹部に顔を埋めている規久也は、飼育されている豚が餌にありついたように、びちゃびちゃと下品な音をいっそう高くたてながら、坊主頭に近いほど短く刈った頭を上下に左右に揺すりたてながら舌を使う。

「むー、ううう、うむー……」

明らかに香澄は処女の性愛器官を規久也に舐めしゃぶられているうち、強烈な快感が湧き起こってきたようだ。羞恥、屈辱に悶えながら、彼女は自分の体の反応に戸惑い、狼狽している。

「お嬢さん、ムダな抵抗はやめなさい。なすがまま、というか、なされるがままにすれば天国に行けるんだからね」

竜介は香澄の耳に囁《ささや》きかけ、乳首をつまんで刺激してやる。脇腹や腿を撫でまわす。手持ち無沙汰になった渉は再びもう一方の乳首に吸いつき、白い形よいふくらみをもみ上げだした。

規久也はクリトリスを舌で刺激しながら、指を使って膣口や膣前庭の粘膜を刺激している。さらに、溢れた愛液を会陰部からアヌスへと導き、そちらにも指を這わせている。つまり香澄は全身の性感帯をくまなく男たちに愛撫され刺激されている。

「うー、む、ううッ、ううう一……」

彼女の呻き声はさらにピッチがあがり、脂汗にまみれた全身の震えや筋肉の躍動はいっそう激しくなってゆく。

「これは、イクぞ……」

竜介が言った直後、香澄の体内で何かが爆発したかのように、しなやかな肢体がピンと伸び切ったかと思うと、強い力でギュウーと収縮した。

「うぐー、ぐうう……ッ！」

一瞬カッと目をみひらいたかと思うと、すぐに固く目を閉じ、ビリビリと四肢の筋肉に痙《けい》攣《れん》を走らせる香澄。

「イッたぜ、おい」

「たいしたもんだ、やっぱりエクス……」

思わず口走ろうとした渉の頰を、竜介はひっぱたいてやった。

「いてて、何をす……、あ、そうか」

顔をしかめた渉は、自分の過ちに気がついた。非合法の薬剤を使った卑劣な計画を香澄に知らせるわけにはゆかない。

「むー、うう、うー……」

香澄ののびやかな裸身は、二度、三度と大きく打ち震え、ガクリという感じで全身から力が抜けた。ぐったりと伸びた白い濡れた姿態に、青白いフラッシュの閃光が反射する。

「わはは、ちゃんとイッたじゃないか。よく感じる。たいしたもんだ」

秘叢から顔をあげた規久也が勝ち誇った笑い声をあげた。襲われて拘束され、強制的に刺激を受けさせられて、それでもなお処女の肉体は快感を味わい、絶頂に達したのだ。

それは彼らがいま行なっている行為の犯罪性を、結果によって軽減させ、やがては消滅させ、単なる男と女のSM的な性愛遊戯にまで変化させてしまおうという邪悪なもくろみを、可能だと思わせてくれた。

「規久也、ご苦労だった。これでお嬢さんも分かっただろう。おれたちがやってることが自分のためなんだということが。さて、これからお嬢さんを本格的に女にしてやる工事にかかるとしよう」

怒張した器官を凶器として握り締めている渉が規久也とまた位置を入れ替わり、香澄の股間に膝をつき、覆いかぶさる姿勢になる。

渉の男根は、太さはさほどではないものの、槍を思わせる穂先と長さ。まさに女体を突き刺すための器官だ。

青筋を立てるようにして勃起している自分の肉槍を握り締めながら、逸《はや》っている渉。

「中出しは、さすがにまずいんじゃないか」

ドラッグとアルコールの相乗作用で理性が麻痺しているとはいえ、そこまでの判断力は残っていた。

「ふーむ、妊娠させたら、それはまずいな。だったらイク時にコンドームをつけろ。コンドームなら山ほどある」

　バイブレーターを使うため、竜介は何ダースものコンドームをベッドサイドの小机の引き出しに用意している。

「だったら最初から着けるほうがいいな」

　どうやら渉は、自分の持続力に自信がない様子だ。

「いいとも、ほら」

　自分の体の上で交わされる会話を聞かされる香澄は、竜介が一枚のコンドームの袋を取りだし、包装を破いて中身を渉に手渡すのを見た。そして渉がそれを怒張した器官にかぶせるのを見た。

「ちょっと待て。香澄は少し下付きだぞ。腰を持ち上げるようにしたほうがよくはないか」

　規久也が指摘し、枕がひとつ、生贄の裸身の尾てい骨の下にあてがわれた。性愛器官の入口はそれによってかなり上向きにされた。

「これでよし。行け、アッソン」

「ふふ、お嬢さん、安心してくだせえ。ガキが出来ないようにはしましたからね」

　他の二人を押しのけるようにして覆いかぶさってゆく渉。竜介と規久也は共に香澄の体を押さえつけ、凌辱が可能なようにする。

濃い茂みの中に凌辱のための槍器官を押しつけ擦りつけると、極薄のゴムで被膜された先端部はたちまち愛液で濡れまぶされた。

「ローションはあるが、使うまでもないな」と竜介。

「お嬢さまがロストバージンするところ、撮らないと」と撮影に適した位置に移動してカメラを構える。

「いくぞ、う……ぬッ」

痩せてはいるが、決して貧弱というイメージではない渉の、組み敷いた裸身に比べればずっと浅黒い体が、いきみながらのしかかり、秘裂の底に肉槍の先端を突き立て、押しこもうとする。

「く、ぐ、うぐぐ……」

狭い肉の関門を鉄のような硬さを帯びた若者の肉槍でこじあけられてゆく香澄の、白いたおやかな裸身が弓なりにのけぞる。全身が堪え難い苦痛にびくびくと痙攣するようだ。

「くそ、うぬぬ……、うーッ」

生まれて初めて処女を犯す昂奮に駆り立てられた渉の全身から、脂汗が噴き出した。肩や胸から、その汗がボタボタと香澄の胸の上に滴り落ちる。

「さすがにひと突きというわけにはゆかんな」

竜介の言い方がからかうようで、それに反発を感じたのだろう、渉はさらに力をこめて挑みかかった。

「う、ぬ、うう……ッ」

「ぐ……！」

たとえば逃げようとする兎に猟師の射た矢が突き刺さった、そんな感じだった。苦痛の極限点で最後の抵抗が失せた。何かが弾けたような、そんな印象を傍観している竜介も規久也も受けた。

ズブ。

関門をこじあけることに成功した肉の凶器が、白くたおやかな、無垢と呼ぶにふさわしい瑞々しい肉体の奥深くに打ちこまれた。

「やった……」

足元のほうから覗きこんでいた規久也が、凌辱器官が根元まで打ちこまれたのを確認して唸った。

「みごと、開通だ」

「でかした、渉」

「香澄は女だ。おれたちの女だ」

三人の若者たちがそれぞれの感慨を口にした。

「うう、熱い。熱いしきつい。締めつけられる。おれを逃がしたくないのかな、咥《くわ》えこんで離さないみたいだぞ」

それまで他の男の誰一人として受けつけなかった、気位の高い若い娘の肉体を、完全に征服したという思いに勝ち誇った渉が、ニタニタ笑いながら、ゆっくりと腰を動かしはじめた。そのたびにヌチャ、ヌチャャという摩擦音がたった。

「う、う……、ぐ……」

香澄の目は固く閉じている。頬は紅潮し、鼻息はなおも荒い。

「あまり痛そうじゃないな。それどころか、気持よさそうだ。ひょっとして感じてるのかもしれない」

まじまじと顔を覗きこんだ規久也が言った。剝きだしの臀部を上下させ、柔肉に突き挿した男根を次第にリズミカルに抜き差ししはじめた渉は、ボタボタと汗を香澄の胸のあたりにしたたり落とす。

「そうかも知れないぞ。この、からみつき具合……。うう、名器だぜ、香澄は」

渉の顔がゴール目前のマラソンランナーのように苦しげに歪んだ。彼は竜介のように百戦錬磨の経歴をもっていない。じっくり女体を楽しむ技巧を駆使する前に、若者の常として放出への欲望が先走っている。

　腰の動きが早くなった。ほとんど無毛の、充血してパンパンに膨らんだ睾丸が腰の上下につれて振り子のように揺れ、ピタピタと香澄の会陰部を叩く。

「あう、もう……、くそ、こっちがイキそうだ」

　口惜しげに唸る渉。

「アッソン、これから、何日でも楽しめるんだ。とりあえず一発食らわせておけ」

「そうするか……、うう、しかし、なんともいい感じだぜ。おまえたちもぶちこんでみれば分かるが……。おお、香澄がこんな体だとはなぁ」

　組み敷いた同年齢の美しい娘の、口を塞いだ粘着テープの上から自分の唇を押しつけ、汗にまみれた頬を涙に濡れた頬にすり寄せ、しばらく気を紛らすように緩やかな動きを続けていた渉は、やがて意を決したように再度、腰の動きを早めた。長いストロークで処女を奪ったばかりの膣に叩きこみ、ひき抜く。またグチョ、ヌチョッという淫靡な摩擦音がたち、

「うー、ぐぐ、うぐー……ッ」

　凌辱される女体が暴れた。眉根が谷を刻み、男たちには苦痛とも恍惚とも見分けのつかない表情が浮かぶ。

　凌辱の完遂が目前に迫っている。その瞬間を撮ろうとカメラを構える竜介も、次は自分の

番だと待ちかまえ、早くもパンツを脱いで勃起した男根を握り締めている規久也も、言葉を発しようとはしなかった。

　部屋には、鉄のように硬くなった男根が愛液で濡れた粘膜を摩擦する音、汗まみれの皮膚と皮膚が瞬時、接触しては離れる音、睾丸が会陰部を強くうち叩く音、荒い呼吸、ベッドのスプリングがギシギシと軋む音、それらが交錯し続けた。

「お、おおうう、くそ、あう！」

　ふいに渉が獣が唸るような声をたて、ガクンガクンと強く二、三度、下腹を香澄の下腹に打ちつけるようにした。臀部から腿の裏側の筋肉が収縮し、痙攣するような動きが走った。

「あう、む！」

　最後に男根を、とどめを刺すかのように強く深く叩きこんだ若者が、爪先まで痙攣を走らせながら、低く呻いた。規久也がシャッターを押す。フラッシュの閃光が、いまは目をみひらいているが、まったく理性が吹っ飛んでいる、つまり茫然自失しているような香澄の顔に浴びせられた。

　ドクドクと男のエキスを断続的に噴射させた若者は、ガクリと体から力が抜け、自分が処女を奪い、凌辱し尽くした女体の上に完全に体重を預けた。結合した二つの肉体が呼吸するほかは、すべての動きが止まった。

「よっしゃ、一番槍は確かに見届けた。アッソン、よくぞやった」

竜介が部下の武功を讃《たた》える武将のような言い方をした。

「ふうー……、まるで夢みたいだぜ。おれが香澄のバージンをいただいて、女にしてやるとは……」

困難な登頂をやり遂げた登山家のように満足した表情で、射精後、一分ほどもそのまま打ちこんだままにしていた器官を引き抜いた若者は、誇らしげにまだ萎《な》えていない凌辱器官を友人たちに見せびらかした。出血はさほどでもなかったが、コンドームはやはり赤いものにまみれて、その先端にはたっぷりの量の白濁した液が放出されていた。

竜介は香澄の体から切り裂いて脱がした白いパンティの残骸をとりあげ、それを使って丁寧に犯された部分を拭った。

「すごいな、ポッカリ開ききってるじゃないか。まるで洞窟の入口だ」

規久也が引き抜かれた部分の形状をそう表現した。

「ただし、生きてる洞窟だ。ひくひくいってる。ものたりないという感じだな」

白い布は血で汚れた。

「これが処女喪失の証明書だ。こうやって写真に撮っておこう」

ぐったりと伸び、もはや外界のことなど無関心の、惚《ほう》けた表情を浮かべている香澄の顔の横に、出血を吸った下着の残骸を広げて、竜介はアップで、また全身をいれるように体をひいて、何度かシャッターを切った。

「そうだ、姦られたあとの処女膜がどうなってるのか、見ておこうか」

渉がまたペンライトを手にして、自分が突き破ったばかりの肉の隘路《あいろ》が見えるよう、指でひらいて光を当てた。

「ええと……、はあ、なるほど、ここが一カ所、切れてる。なんだ、ズタズタになるようなイメージがあるけど、そういうものではないのだ」

目をうんと近づけ、鼻息が秘部に当たるぐらいの距離から覗きこみながら、しきりに感心している。

「もういいか、竜介。やらせろ」

規久也が待ちきれないように声をかける。

「ああ、いいぞ。おまえの番だ。たっぷり楽しめ」

コンドームを装着した器官を槍のようにふりかざし、全裸の肥満体が、死体のように静かに横たわる娘の上に覆いかぶさった。

規久也の男根は、太く、そのわりには短い。亀頭がふくらんで、横から見ると、細長い茄子の形をしている。

挿入は一気だった。

「う……」

茄子形の肉器官に深く犯されて、香澄はまた反応した。苦痛を覚えているのか、顔が歪む。

規久也は歓喜の表情を浮かべ、うわずった声を発した。

「おお、こいつはすごい。絞まるんだ。まるでおれを歓迎しているみたいに。こういうものかね」

「な、具合いいだろう？　香澄は犯されるように出来ている体だ。おれたちの奴隷になるために生まれてきたような女なんだ」

渉が、エスクタシーの溶かしこまれた、氷が溶けて薄まった水割りをぐいと呷る。そのおかげで、次に自分の番がくるまで、彼の男根は萎えることがなかった。

ギシギシとベッドのスプリングが軋む。

「うう、うぐ、うぐ、う……」

犯される娘の鼻腔から洩れる呻きに、

「おお、いい、いいぞ、あう、うう、これはいい」

規久也の、感想をまじえた喘ぎ声が交錯する。

やはり昂ぶるだけ昂ぶっていただけに、彼もまた長くは持続できなかった。

「おおお、おうう、ああ、うー……む！」

吠えながら唸りながらドクドクと牡の液を吐き出して果てた。

規久也が引き抜いて離れたあと、竜介は、二度目の凌辱を受けたショックでほとんど呆然としている香澄の顔を覗きこみ、口を塞いだガムテープに手をかけた。

「こいつを剝がす。しかし、余計なことをしゃべるなよ。おれたちが何か言えと要求した時以外、黙ってるんだ。おまえはこれからおれたちの奴隷だ。奴隷にしゃべる自由はない。分かったな？　『はい』か『いいえ』か、首を振って答えろ」

ぼんやりと焦点の合わない目の美しい娘は、頰をひっぱたかれて、ようやく首を頷かせた。

「よし」

唇を塞いでいたガムテープが剝がされた。

男たちに輪姦されて理性がバラバラに破壊された状態の才媛女子学生は、声を出す自由を与えられても、泣きわめくようなことはなかった。

「よし、では、おれのこいつを咥えろ」

竜介が香澄の顔を跨《また》ぎ、怒張した黒光りするような器官を、香澄の口元に凶器のように突きつけた。枕に埋まった後頭部に手をあてがい、顔を持ち上げさせる。

「分かってるだろう。フェラチオってやつだ。いや、おまえは縛られてるから、イラマチオというのだな、本来は」

もう一度、ビシッと頬を張りとばされて、香澄は諦めた。おとなしく唇を開けた。

竜介は使い捨てのライターを渉に持たせた。

「アッソン、もしこいつが嚙みついたりしたりしたら、おま×こをこいつで焼いてくれ」

「なるほど、安全装置か」

「そういうことだ。一応は用心しなきゃな」

竜介の慎重な防護策は、しかし発動することはなかった。

「…………」

香澄はおとなしくふっくらした、口紅などつけていない、本来の桃色をした唇を開けた。

「ほらよ」

赤黒く充血した亀頭が押しこまれた。

「これからおまえを楽しませてくれるありがたい肉棒さまだ。丁寧に舐めて浄めろ」

香澄は言うなりに舌を使った。猫がミルクを飲むようなぴちゃぴちゃいう音がたった。

「ちきしょう、おれがやるんだった」

渉が口惜しそうな声で言う。逸っていたからフェラチオをさせることまで考えが及ばなかったのを悔いている。

「最近の女の子は、エッチしなくてもフェラチオはガンガンやるというのが多いが、おまえはどうだ？　男のチ×ポコを咥えるのは、初めてか？」

問われて、一度、上目づかいに竜介を見上げた香澄は、能面に近い顔だったが分かるように頷いてみせた。

「そうだろうなあ、まるで気が入っていない。男がどうやったら喜ぶか、まるで分かっていない」

渉や規久也と違い、余裕のある態度の竜介は、女が自分の唇、口腔、舌、歯をどのように使って男を歓ばせるか、基本のテクニックを教え込んだ。もちろん、口腔深く、喉にたっぷり届くほど男根を咥えこまされている、その表情が渉によって撮影された。

ぎこちない技巧ではあったが、処女を奪われたばかりの香澄にフェラチオをさせるという悪逆な行為ということもあって、竜介の欲望は煽られた。

「よし、犯してやるぞ」

竜介は唾液まみれの男根を唇から引き抜くと、ガバと香澄を組み敷き、広げられた股間に下腹の肉槍をあてがい、押し付けた。

「うー……」

反り返り、苦痛の呻きをあげる香澄。

「竜介、おまえ……ナマでやる気か」と規久也があっけにとられて言う。

「安心しろ。イク時に使う」

ベッドがギシギシ軋むのも三度目だ。竜介は他の二人の三倍ほども時間をかけて香澄を犯し、柔襞《やわひだ》が締めつけるような感触を楽しんだ。

「これはまだ、体が受け入れ体制にないんだろうな。押し返すようなきつさだ。感じてくると迎えいれるように襞ひだがうごく。抜こうとすると抜かせまいというように締めつけてくる。そうなれば本ものだが、香澄はまだその域じゃない」

そんな論評を加えながら、腰を使う。渉も規久也も、竜介の腰づかいに目をみはった。

「おれに姦られてよがらなかった女はいなかったが、さすがにまだまだ目覚めていないな。それでは、ともかくはフィニッシュだ」

ぐいと引き抜いて、

「ふむ、まだ少し出血しているな」

ティッシュで拭ってからコンドームをかぶせ、また覆いかぶさった。

ベッドのスプリングが激しくギシギシと鳴り、

「ああ、うう、うー、あううう」

まだ裂けている柔襞を強く侵略される女子学生の悲痛な叫びがあがり、

「おう、む、ううう……！」

二度、三度と強く腰をつかい、下腹を勢いよく哀れな生贄のそれに叩きつけて竜介はイッた。ドクドクと精液を噴いた。

第四章　屈辱の肛門貫通

竜介が果てた頃には、渉はもう精気をとり戻していた。

香澄が味わう屈辱と苦痛はまだまだはじまったばかりなのだ。

二巡目の輪姦がはじまろうとした。

「なあ、剃《そ》ってしまわないか。ここがこんなに濃くては邪魔になるばっかりだ」

渉が提唱した。誰も異議はなかった。

鋏とカミソリ、シェービングクリームなどが持ちだされた。

無残な大股開きの姿勢をとらされている若い娘の、濃密な繁茂がまず鋏で短く刈りとられていった。

次にカミソリがあてられて、初々《ういうい》しい性愛器官は四六時中さらけ出され、好きなように男たちの視線に犯される状態になった。

剃毛《ていもう》されている間、香澄は唇を噛むようにして顔をそむけ、命令されたとおり一言も発しなかった。

　ふっくら盛り上がった恥丘は童女のように楚々として可憐な眺めだ。その下、何かもの言いたげなもう一つの唇。そこからは愛液で薄められピンク色を呈した血が漏れでて鼠蹊部を汚している。竜介はその痛ましい光景もカメラに納めた。

「これでいい。もう掻き分けなくてすむ」

　カミソリを捨てて満足げに笑った渉は、香澄の両手足の拘束を解いた。

　凌辱のショックに打ちのめされ、もう抵抗しないだろうという判断からだ。思ったとおり思考力を失ったような香澄は、手足の自由をとり戻しても抵抗したり逃げたりするようなそぶりは見せなかった。

　シーツの上に正座させられて、最前まで嘲弄していた同級の男子学生にフェラチオを強《し》いられる香澄。

「信じられないぜ、わがままお嬢さまにチ×ポコしゃぶらせる日がくるとは……」

　渉が、今度は香澄を四つん這いにさせた。後ろから犬のように犯そうというのだ。

「だが、こうやってケツを見ると、ひと叩きしたいものだ。いいかな」

　渉が許可を求めるように竜介を見た。竜介は頷いた。

「好きにしろ。だが、最初からあまり飛ばすなよ」

「じゃあスパンキングだ」

かねてから女を痛めつけることで欲望が高まるという性癖を隠していない若者は、四つん這いで無抵抗でいる女体のくびれた胴に左の腕を巻きつけて抱えこむようにし、右手をふりかざした。

バシッ。

林檎のようなまるみを帯びた臀丘に、強烈な平手打ちが浴びせられた。

「あぁッ！」

まる出しの、覆うもののない尻たぶを打ちのめされる香澄の口から、驚きを伴う悲鳴があがった。

「どうせ今まで、ケツを仕置きされたこともないわがままお嬢さまなんだろう。これを機会にたっぷりと仕置きしてやる。男というものがどういうものか、どうやって敬わねばならないものか教えてやる」

悪鬼のような形相になって、何度も強烈な平手打ちを左右の尻たぶに浴びせる渉。さすがに香澄も苦痛の声をあげ、暴れる。渉はガッシリと押さえこんで逃げるのを許さない。

白い肌が、打ち据えられるとピンク色に染まり、それが見る見るうちに赤くなり、真っ赤に、さらには赤黒い色から紫色に近くなる。

「ほう、お嬢さまは打たれるのにえらく敏感だな。白いおケツがなんとまあきれいな色になることだ」

竜介は無残な色に染まってゆく生贄女子学生の双臀にレンズを向け、シャッターを切りながら感心した声を洩らした。

「これで、少しはオイルも回っただろう」

五十発も打ちのめしてから、渉はようやくスパンキングをやめ、苦痛と屈辱にすすり泣く香澄に背後から雄犬のように挑みかかった。腫れ上がった双臀の間の峡谷から覗いて見える亀裂器官に、怒張した器官をつき立てた。

再び容赦ない凌辱行為がはじまった。ベッドのスプリングがまたギシギシ、ギシギシとリズミカルに軋みはじめた。

「ああ、痛い……。うう……」

肉の穂先で子宮をズン、ズンと衝かれる香澄は、黒髪を振り乱し、哀れな声で苦痛を訴えた。まだ完全に男根を受け入れられるほど、膣は拡張されてはいないのだ。

また出血した。ぐいと引き抜かれる男根にかぶせたコンドームが赤く染まった。

「いや、きつくて、それをこじあけて押し込むような感じというのは、なかなかいいもんだ。やっぱり使い古したおま×ことは違う」

渉がゆったりとしたストロークで香澄の膣を楽しんでいる間、規久也が彼女の胸の下に仰向けに腰を滑りこませ、下向きの乳房に吸いついた。ちゅうちゅうと音をたてて強く吸った。

「ああ、あ……」

女の器官をズコズコと犯されながら、しかし乳首には甘美で鋭い快感を与えられ、全裸の女子学生は喘ぐような声を洩らした。

その声も表情も姿態も悩ましく、カメラのファインダーごしに眺める男の欲望をそそられないわけにはゆかない。竜介はカメラを置き、自分も汗に濡れて魅惑的な牝の芳香を発している女体に手を伸ばした。

「香澄。三人の男が、こうやっておまえに夢中になってる。最高だと思わないか。こんなことをしてもらえる女なんて、そうそういるもんじゃない」

級友に犯される若い娘のクリトリスを嬲りながら竜介は言った。

彼なりに考えていた〝調教〟は、すでにはじまっていた。

調教とは飴と鞭だ。苦痛に耐えれば快楽が与えられる。そのことを女体に、条件反射になるまで教えこまなければいけない。そうやって主人である男たちに奉仕する歓びを分からせる。奴隷調教とはそういうことだ——と、若いサディスト、三室竜介は思いこんでいた。

四つん這いの女の双臀を抱えて犯す男が、抽送の動きを早めてゆくにつれ、やがて香澄の口から、切迫した叫びと呻き声が噴きだしてきた。

「ああ、いや、いやだ、ああ、あうー……ッ」

苦痛を訴えているのではない。犯されながら乳首を吸われ、乳房を揉まれ、そのうえ敏感な突起を嬲られて、香澄は女としての快楽を味わわされているのだ。

ビタ、ビタ、ビタ……。

香澄の、桃というより林檎を思わせるまるみの臀部に、渉の腹部が打ちあてられる、濡れた打擲音《ちょうちゃくおん》。それがいつ終わるともない祭の太鼓のように竜介たちの耳朶《じだ》を打つ。

「おお、竜介よ、ぐいぐいと締めつけられるぞ。うう、たまらん……」

後背位で責めた渉が獣のように唸りながら二度目の射精を遂げる前に、クリトリスを刺激されることで香澄は絶頂に達した。

「いいぞ、この調子で責め続ければ、香澄はマゾの奴隷女に調教できる」

規久也も同じことを思った。激しい昂ぶりを自分の手に握り締め、竜介に言った。

犯されながらクリトリス性感でオルガスムスを味わったことで、香澄は打ちのめされたようになった。

意に反して凌辱されながら、なおかつ絶頂するまでの快感を味わうというのは、自分の体がマゾヒストの快楽を味わうように作られているということだ。それは同時に、香澄が女の誇りを保ちきれず、男たちに屈服したことを意味する。

「いかにあれが効いているとはいえ、ここまでよがるというのは、規久也、おまえの言うとおり香澄はマゾだということだ。それをたっぷり分からせてやろうぜ」

竜介は規久也を促した。

「さあ、おまえの二ラウンド目だ」

「おれはな、今度はアヌスを姦りたい」

規久也は香澄のもう一つの処女——アヌスを犯すことに固執した。

「アナルセックスなら避妊は必要ないだろう。だからコンドームなしでやる」

「ナマでおまえのものを突っ込むなら、ケツの穴はきれいにしないといかんだろう」

渉が言うと、規久也は頷いた。

「当然だ。浣腸はしなきゃ。竜介、何かそういうモノはあるか？」

「あるとも」

ニタリと笑ってみせる竜介は、小机の引き出しをかき回して、イチジク浣腸を数個、取りだして規久也に渡した。

「これだけあれば充分だ。お嬢さまのケツどころかポンポン全部をきれいにできる」

香澄はようやく、自分が何をされるか理解した。

「浣腸なんて……、そんなことはしないで！」

真剣な顔で起き上がった、その美貌を竜介は平手で叩きのめした。香澄がのけぞるほどの勢いで。

「言ったはずだ、おまえに何か言う権利などない。今度、勝手に何か言ってみろ、ライターでクリトリスを焼いてやる」

本当にやりかねない、と思うほどの凶暴、凶悪な表情で怒鳴られ、香澄は呆然として頷くしかなかった。

しばらく頭の中で手順を考えていたような規久也が言った。

「竜介、大人しくさせるためにしっかり縛ってくれないかな。おれは縛りが苦手だ」

「おお、緊縛はまかせろ」

愛用している麻縄の束をほどき、香澄に命令する竜介。

「ここに正座しろ」

「…………」

口答えなどしてはならぬと厳命された香澄は、諦めた表情でのろのろと体を動かし、ベッドの上に正座した。

竜介は馴れた手つきで、ほっそりした体つきの、同級の女子学生に縄をかけていった。二十一歳の、ついさっきまで処女だった瑞々しくスレンダーな肢体に。白く眩い、絹のような光沢をもつ肌に。

「後ろ高手小手縛りだ」

香澄の両手を背後に回させ、手首を重ねて縛っておいて、乳房の上下に縄をかけ回してゆく。掌にすっぽり収まる大きさの乳房だが、そうやって縄によってくびられると紡錘状に前方に突出して、けっこうボリュームが生じる。ピンク色の乳首は尖って震えている。

あっという間に香澄は後ろ手に、肘が直角になるような姿勢で縛られ、両手の自由を奪われた。

「これでいいか」

「充分だ。サンキュー」

規久也は縛りあげられた全裸の肉体を仰向けにして、さっきのように両足を持ちあげてからぐいと体を二つ折りにした。渉が手伝って片方の膝と腿を抱えこむ。

「ああ……」

無毛の秘部、秘裂ばかりでなく会陰部から排泄のための肉孔までそっくり露出開陳されてしまう屈辱的な体位を強制され、香澄は真っ赤になり、顔をそむけた。何か言いたげに唇がヒクヒク動くが、言葉を発すれば残酷な刑罰が待っている。言葉はついに口から発せられることがなかった。

ほとんど真上に向けられた臀裂の底を指で押し広げると、菊の花そっくりに見える肉孔の中心に、イチジク浣腸のプラスチックの嘴管が突きたてられた。

「ああ」

おぞましい感覚に香澄の美貌が歪み、裸身が総毛立った。

グシャ。

ピンク色の容器が押しつぶされ、ひねり潰されると、中に入っていた三十グラム、五十パーセントのグリセリン水溶液が勢いよく肛門から直腸へと注ぎこまれる。さらにもう一個のイチジク浣腸が用いられた。竜介がアヌスから薬液を注入される香澄の惨めな姿をあまさず撮影してゆく。

注入が終わると、香澄はカーペットの上に正座させられた。

「う、はあッ、うう……」

たちまち襲いかかる便意。腸を絞られるような激痛が襲いかかり、香澄は喘ぎ、呻き声を洩らし裸身から冷や汗を浮かべながら苦悶した。腿はぴったりと閉じ合わされた。

下半身がぶるぶると震えだす。

「ふふ、まだ早いぞ、もう少しがまんしろ。そうだな、あと五分」

「ああ、そんな……」

文科大の女子学生の中でも三本の指に入る美人といわれ、多くの男子学生から憧憬の目で見られている香澄が、排便をこらえるのに必死で、正座の姿勢で尻を持ち上げるようにしてうねらせ、唇を嚙み締め、青ざめた顔色で美貌をゆがめている。

「おい、まさかここで出させるんじゃないだろうな」

さすがに渉が心配そうな顔で規久也に訊いた。

「そうだな、おまえたちが出すところを見たかったら、ここで洗面器に出させようか」

竜介も渉もあわてて首を横に振った。二人もスカトロの趣味はない。

「悪いが、そいつはおまえだけで楽しんでくれ」

「なんだよ、一番いいシーンを見ないとは、画竜点睛《がりょうてんせい》を欠くやつらだな」

「その使いかたは少しおかしいぞ。ま、いいからバスルームへ連れていってくれ」

「おもしろみのないやつらだ。まんじゅうをもらって皮しか食べないようなものだ」

ぶつぶつ言いながら、香澄の忍耐が限界に近いことを察した規久也は、縄尻を引っ張って彼女を立たせた。

「それではお嬢さま。バスルームへ行かっしゃれ。おなかのものをみんなぶちまけてきれいきれいにいたしましょう」

見るのはともかく、何がどのように行なわれているか、気になった渉はバスルームと寝室の間のドアを開け放しにした。バスルームの中から、香澄の悲鳴のような泣き声と規久也の怒声、そして明らかに大量の便が体内から排泄される音が、しばらくの間聞こえてきた。

「香澄お嬢さまもこれで完全に陥落だな、ウンコする姿を見られては、もう規久也を鼻であしらうわけにはゆかない」

物音からして再び、前にも増して大量の薬液が注入され、香澄はもっと長い時間をかけて耐えさせられたようだ。

二度目の強制的な、しかも男の眼前で排泄するという屈辱的行為を強いられた香澄は、体をシャワーで清められて寝室に連れ戻された。

「こんな細い体して、どこに溜めていたんだか、ずいぶんの量をモリモリとひり出してくれた。人は見かけによらないものだ。美人もただの糞袋ということだ。諸行無常の念にうたれざるを得ない」

いかにも汚れのない、清楚そのものという感じの女体はベッドに仰向けに横たえられ、竜介と渉が左右の脚を抱えて、膝がそれぞれの側の頬にくっつくほどに体を二つ折りにさせた。いわゆるまんぐり返しの姿勢である。

「アナル・バージンを心ゆくまで奪うのが夢だった。その夢がようやくかなう」

これまでアナルセックス専門の風俗店で、プロの女性だけを相手に欲望を満たしてきた規久也は、眼鏡を外すと喜び勇んで処女を失ったばかりの若い娘の、完全に露出させられたアヌスに、豚のように鼻を埋め、分厚いタラコのような唇を押しつけ、ちゅうちゅうと音をたてて舐めしゃぶった。

「規久也がこれほど女のケツの穴が好きだとは思わなかった」

顔を見合わせて呆れ顔の竜介と渉に向かって、血走ったような目をギロリと向けて、

「おい、誰のアヌスでも舐めるんじゃないぞ。おれがいい女だと思ったアヌスだけだ。香澄のケツの穴は実にきれいだからなあ。見てみろよ、全然、歪んだところがない。今の若い女はたいてい便秘で、だから硬いウンコをむりやりひねりだす。その結果、だいたいがイボ痔の持ち主だ。香澄の肛門は、ほら、文字どおりの菊座だ。御紋章みたいじゃないか。これは奇跡だ。現代の奇跡」

まるで愛しいペットでもあるかのように双臀に頬擦りし、陶然とした表情で肛門への執着を語る規久也は、今度は性愛プレイ用のローションを、彼の言う〝菊座〟にたっぷりと塗りたくった。

「あッ、そんな……」

禁じられているのについ嫌悪と忌避の言葉を口にして、したたか殴られてしまう香澄。

「外側は健康そうに見えても、内側がどうなってるか。検査しないとな。どれ、おとなしくしてろよ」

潤滑された絞まりのよいリング状の肉弁をこじあけて、ひとさし指をぐいぐいとねじこんでゆく規久也。排便したばかりのアヌスはさほど抵抗もせず無礼きわまりない侵入を受け入れた。

「あ、あッ、あー、う、ウッ」

肛門をこじあけられ、直腸まで指を突き入れられた若い娘は、生まれて初めて味わう奇妙な感覚にさかんに臀丘をうねりくねらせ、惨めな泣き声を洩らす。もちろん上半身を緊縛されて、両足は左右からがっちりと二人の男に押さえつけられている。何をされても受け入れるしかない。

「うん、大丈夫だ、中は傷跡ひとつない。健康そのものの肛門と直腸だな。ただ、このままではまだきつい。もっと緩めてやらんと……」

規久也はさすがにアナルセックスのベテランだった。感心して眺めている竜介や渉の目の前で、指を二本入れてマッサージし、時間をかけて、さらに三本までをねじこんでいった。

「あう、ああ、あ、はあーッ」

最初は苦痛と屈辱のこめられた呻きだったのが、執拗な指の責めを受け、さらに同時にクリトリスや膣口を舐められたりしゃぶられたりすることで、快感を味わわされることにより、呻きといっても、やるせなく切ない、どこか甘さが感じられる吐息めいたものに変化していった。

「よしよし、だんだんほぐれてきたぞ。お嬢さん、ここをいじられるのも悪い気持がするもんじゃないだろう。どうやら、前も感じるけれどこっちも感じる素質があるみたいだな。開発しだいじゃ、アヌスでイカせるのも可能かもしれん……」

それを聞いて、香澄本人はもとより竜介や渉までが「まさか」という顔になった。

「ケツの穴でイクというのか？　ウソだろう？　そんな話、聞いたことがないぜ」

渉が口を挟んだ。

「シロウトはそう思うのがふつうだろう。しかし、アナルセックスをやってる女たちの中には、前をいじらなくても、それだけでイク女はいるんだ」

「信じられん」

「まあ素質もあるが、訓練だな。調教ということだが。お嬢さんは見込みがある。そういう反応だ。分かるだろう、ほら」

規久也が直腸の奥まで埋め込んでいる指の先端を動かすと、

「あッ、いや、ああ、それは……、はうッ」

香澄の眉がひそめられ、呻きのトーンが上がった。頭がのけぞり喉頸がさらけ出される。全身にびくびくという震えが走る。

「なんだか、感じているみたいだな」と渉。

「というより、感じてるんだ」と竜介。

「な、さっきから思ってるんだが、香澄はバージンだったくせに、全体によく感じる体質なんだ。おま×この具合も悪くない。今まで使っていなかったというのは、なんとももったいない話だ」

そう言いながら、規久也が小型バイブにコンドームをかぶせた。その太さは勃起したペニスよりいくぶん小さいぐらいのものだ。

「こいつが受け入れられれば、アナルセックスは大丈夫だ。竜介、前のほうを可愛がってくれ。渉はおっぱいだ」

「よしきた」

助手役の二人が香澄の性感帯を撫で、揉み、こすりたててやると、香澄の悶えと呻きはさらに切迫したような状態へと高まっていった。

「おお、おつゆもたくさん出る。香澄は素質があるというより、もう完全にマゾ奴隷だ。でなきゃこんなに昂奮するわけがない。な？」

同意を求めながらバイブの先端を、指を引き抜かれて緩んだアヌスの、少しひくひくいっているような菊状の襞の中心にあてがい、ぐいと押しこむ。

「あう、いや、ああッ！　そんな……、うう、許して……ええ」

香澄はまた泣き声をあげた。苦痛というよりも、それとは別の感覚を味わわされて、それがどんどん高まることを恐れ、逃れようとするように見えた。そうでなければ、三人の男たちの目の前で、もっと恥ずかしい姿を見せてしまうことへの恐れ。

もちろん美しい娘を征服し尽くすことに夢中になって、獣の血が沸騰している若者たちにとっては、そういう泣き声さえが刺激的な音楽のようなものだ。

「ほら、お嬢さん、素直に受け入れてみるんだ。ほら、気持いいだろう？　な、こうやってケツの穴からズブズブとぶちこまれるのが、こんなに気持いいとは思わなかっただろう？　ははは、感じてきやがった。ケツ振りだした。そうだよ、もっと素直になればいい。お嬢さまは本当はケツの穴をバイブでいじくられて、それで感じる体なんだから……」

規久也はまるで術をかける催眠術師のように、悶え泣き、呻き喘ぐ香澄の耳元で囁きながら、小型のバイブレーターをついに根元まで打ちこんでしまった。

「そら、これでもっと感じるだろう」

バイブのスイッチが入った。ビビビという振動音と共に肉質シリコン製の疑似男根は、香澄の腸の末端部におさまりながら暴れだした。

「あーッ、だめえ、うああ、やめて、そんな……、おおお」

香澄が強い力で暴れだした。押さえつける竜介たちが全力をあげなければいけないほどの暴れようだ。

「こいつは……、本当に感じてるぜ」

乳房を揉みながら、渉は目をみはった。

「うむ、こっちもどわッと濡れてきた。ほら」

秘唇と秘核を嬲る竜介も同意した。

「だったら、もう大丈夫だろう」

ぐいぐいと手荒に、振動するバイブレーターを抜き差しし、こねるようにして刺激を与え続けていた規久也が、肉色の卑猥な責め具をズボッと引き抜いた。

「こいつで天国にゆかせてやろう。おい、みんな」

二人の友人にまんぐり返しの股間をさらにガバと開かせるよう腿を抱えこませると、全裸の規久也はいきり立つ肉槍の根を片手で摑み、コンドームをつけない穂先を菊襞の肉孔、その中心にあてがった。そこはもう充分に緩くなっていて、

「香澄、おまえのもう一つのバージン、おれがいただく」

吠えるように言いながら肥満体がのしかかると、

「ああーッ、あうーッ」

生まれて初めて排泄するための部分、肉の弁から男根を受け入れる娘は、恐怖と驚愕の入り交じった叫び声をあげて逃げようとした。どす黒く変色したなすび型の規久也の肉槍は先端部が太い。とてもそんなものが自分のアヌスに入るとは思えなかったからだろう。

「心配するな、入る」

渉の顔を見て、ニヤリとふてぶてしく嗤《わら》った規久也は、もういつもの、鈍牛のような、目立たない男ではなかった。二人の友人は規久也の自信たっぷりの、まるで歴戦の勇士のような頼もしく逞《たくま》しい姿を初めて見た。

「う、む……」

唸りながらガチガチに怒張した、まさに鉄のように硬く、熱い、凌辱のための器官を何かの道具――たとえば地質を探るための探査装置――のように、女の、それも臀裂の底の一番秘められた部分に、ひっそりと息づいていた部分に挿し込んでゆく肥満体の若者。その顔も首も胸も紅潮し、ぶわっと全身に汗が吹きだし、それがだらだらと流れ落ち、したたり落ち、しずくとなってはね落ちる。

「ああ、裂けてしまう……、死ぬ……」

肉の関門を突かれ、こじあけられる香澄がさらに哀れな声をはりあげた。

「裂けたとしても、死ぬことはない」

がははと嗤いながら、侵略の意志を翻そうかと、ためらうそぶりも見せない規久也。さらにローションを周囲と肉槍そのものに追加した。

めり。

めりめり。

そんな音が聞こえたように、竜介たちは錯覚した。

規久也の亀頭の、太い先端部がゆっくりと菊襞の中心を限界まで押して陥没させたところで、しだいに埋まってゆきはじめた。

括約筋がついに抵抗をやめたのだ。

「ほら、入っていった。もう少しの辛抱だ。極楽まで連れてってやる」

「ひーッ!」

男根で肛門をえぐられてゆく香澄が、さらに悲痛な声をあげた。彼女の全裸も汗でヌラヌラと濡れて、規久也以上に紅潮している。背はベッドに、尻はたかだかと持ち上げられて、その腿は彼女の頬にくっつきそうなほどの二つ折りの姿勢で、真上に規久也の鬼のような形相を見上げて目を大きく見開き、恐怖と苦痛の表情を浮かべっぱなしだ。

その、涙で濡れた頬に規久也の汗のしずくが降り注ぐ。

「おお、これはいい。すごくきつい。この瞬間……、なんとも言えない」

規久也は喜悦の声を洩らしはじめた。竜介はこの肛門性交愛好者が、わざと一気に貫通しないのではないか、こじあける行為自体を楽しんでいるのではないかと疑った。

「うう、はう、はあ……」

「……ッ、……ッ」

規久也は周期の長い、ストロークの短いピストン運動を展開していった。ストロークのたびにめりこみの度合いは増す。交錯する男女の呻き声は、いまや通常のセックスのそれと変わらない。声だけ聞けば、必死に声を殺す女の上で、好きなように男が楽しんでいるという図を思い浮かべるに違いない。

もちろん、悶えのたうつ女体の両足を抱えこんで規久也の凌辱を助けている二人は、秘毛を一本残らず剃りとられたおかげで、アヌスがどのように犯されているかハッキリと見ることが出来た。

そのストロークが最大になったのは、挿入を開始してから十分もたってからのことだろうか。規久也の肉槍はついに根元まで深々と打ちこまれ、今度はそれが抜けそうなぐらいまで引き抜かれては、またズンと奥を衝く。振り子となった睾丸がパンという小気味よい音をたてて香澄の尻の谷間を打つ。パンパンパンと連続する。

「おお……」

規久也の顔が天井を見上げるようにして歪んだ。食いしばった歯の隙間から唸り声が洩れる。

「う、ぬ、……くそ」

限界が近づいたのだ。おそらく彼の予想より早く。

「む……」

肛門凌辱者は目を閉じた。体を杭打ち機のように上下させていたのが、最後のひと突きで動きが停止した。

「あううう」

友人の唸り声の調子で、竜介も渉も彼が射精を遂げたことを知った。

熱いエキスがドクンドクンと断続的に勢いよく何度も、直腸の奥へ吐き出された。

「ふうーッ」

しばらくして男根を抜き取った規久也は、肥満体をゴロリとシーツの上に仰向けに倒した。

コンドームを着けていないそれは、ローションと精液にまみれていたが、血はついていなかった。

「なんでだよ。なんでおま×こは破れて血が出て、ケツは出ないんだ。どう見たってこっちの穴のほうが小さい」

渉は首を傾げた。竜介は引き抜かれてポッカリと洞窟の入口のように開いてしまったアヌスの変容を、接写でカメラに納めながら言った。

「あたり前だ、肛門には処女膜はない。それに規久也はよく前戯の手順を踏んでる。香澄も感謝しないとな」

後ろ手に緊縛された裸身を、今はシーツの上に仰向けに伸ばし、死んだようにぐったりと横たわっている香澄は、その傍で汗まみれの肥満体をふうふうはあはあ言わせて喘いでいる規久也と、あらゆる面で反対の位置にいる存在だった。聖なるものと卑なるもの。美なるものと醜なるもの。

「そうだ、感謝してもらわんと。ズタズタにされてるところだ」

ようやく息が回復した規久也は、香澄の髪を引っつかんで起き上がらせ、正座させると自分は仁王立ちの姿勢で彼女に、あろうことか今まで彼女の肛門と直腸を犯していた器官を突きつけた。

二度の射精を遂げたのにまだ完全に萎えきらない、ローションと精液でまみれた肉を、香澄は無表情で口に受け入れ、舌を使った。

「よし、今度はおれだな、ケツの穴がそんなによければ、おれも試してみるか」

規久也が口惜しそうな顔をした。

「竜介が入れたら、香澄は感じてしまうな。くそ、おまえが楽しむためにおれが道をつけてやったようなものだ」

「そのことについては礼を言うぞ。しかしな、おまえが姦りやすいように協力していたおれたちの友情も忘れないで欲しいものだ」

後ろ手縛りのまま、全裸の女子学生はベッドの上で、今度は膝を立てたうつ伏せの姿勢をとらされた。

「おれは両方を楽しむことにしよう。ほら、どっちの穴もほどよく貫通されて、うまい具合にオイルが回っている」

いろんな女たちを相手に、サディスティックなプレイをこれまで堪能してきた若者は、筋肉がよくついて、それでいてしなやかな姿態を見せる野性の食肉獣のような裸身を、香澄の背後から挑みかからせた。再び傷ついた膣を抉《えぐ》られる香澄の口から短い悲鳴があがった。

「おい、アッソン。おれが姦ってる間、遠慮することはないぞ。お嬢さまの空いているお口を使ったらどうだ」

「そうか、それでは楽しませてもらおう」

渉は枕に尻をつけるようにして両足を開くようにして座り、香澄の頭部を自分の下腹に埋めさせるような姿勢をとった。

「さあ、香澄。竜介の後はまたおれが可愛がってやる。いまのうちにご奉仕して、おまえの舌で清めるんだ」

規久也とは対照的な、細長く、亀頭もミサイルのノーズコーンを思わせるペニスを彼女の唇に押しつけた。先刻まで男を知らなかった二十一歳の才媛女子学生は、襞肉のトンネルをズンズンと突きまくられながら、喉奥にまで熱い男根を咥えさせられ、涙を流した——。

第五章　淫獣たちの肉悦調教

竜介は、深い泥のような眠りから覚めた。

部屋は薄暗かった。

(夜が明けたのか、それとも、これから日が暮れるのか……？)

しばらくの間、どちらとも判別がつかなかった。ベッドサイドの机に置いた腕時計に手を伸ばし、今が午後の二時だと知った。

(なんだ、カーテンを閉じているから、昼だとは思わなかったのか)

エアコンが動いているが部屋の空気はぬるい。むうッとする匂いが立ちこめている。

若い男たちの体から放たれる熱と汗と体液の匂いだ。その中に若い女の体臭も微《かす》かにまざっている。

同じマンションの居住者や近隣の家屋を気にして、香澄を監禁して凌辱している間、窓はずっと閉めてカーテンもひきっぱなしだった。

頭を上げようとするとガラガラと頭の中で何かが崩れて転がるような、そういった衝撃を伴う苦痛が走った。目の前を閃光が走り、めまいがした。

「あいたた……。ううう」

またうつ伏せにガクンと枕に頭を埋めた。すごい頭痛だ。吐き気もする。

気がつくと素っ裸にシーツを巻きつけただけの格好で寝ていた。全身の筋肉が綿になったようなだるさ、動かしたらギシギシと軋むようなこわばった関節。

（くそー、エクスタシーをやり過ぎたか。二日間、服《の》むだけ服んで、姦りまくったからなあ）

正気が戻ってきて、一昨日の夜からのことを思いだした。

――香澄を皆で襲い、凌辱したのが一昨日のこと。

それまで男を知らなかった才媛女子学生は、ベッドに拘束されて、まず全裸にされて三人に体じゅうをいたぶられ、クリトリスを刺激されて強制的にオルガスムスを味わわされた。

次に渉によって処女を奪われ、淫獣と化した級友三人に、かわるがわる犯された。

さらに渉によって秘毛を剃られ、規久也に浣腸されて排泄の現場を見られ、アヌスを犯された。竜介は最初にフェラチオで奉仕させ、全裸に縄をかけて、清楚な女子学生の緊縛美を堪能したものだ。

（全部で香澄は、何回おれたちに姦られただろうか）

夜が明けるまでに一人、四回は犯したのではないだろうか。それだけで十二回だ。

そして昨日の昼から夕方にかけて。

昼の間、さすがに疲れて眠ったものの、そろってサディスティックな嗜癖の持ち主である三人の若者は午後になると起きだして、またかわるがわる、さまざまな体位、さまざまな責めと嬲りを与えながら、美しい級友を犯し続けた。

そして昨日の夜。

香澄は昨日から今朝にかけても、一人、五、六回は犯されたのではないだろうか。

規久也が最初に挑んだ肛門姦も、竜介、渉ともに楽しむようになった。

さすがに三人とも疲れ果てた時は、大きなバイブを香澄の膣に、小さなバイブを肛門に埋めこんで猿ぐつわを噛ませておいてスイッチを入れ、悶絶する姿を眺めては楽しんだ。

もちろん、あらゆる屈辱的な姿態は、すべて竜介がカメラで撮影し、百枚もの電子画像として記録されている。

まさに香澄は、猫に捕らえられ、食べられる前に嬲られる鼠のような哀れな存在だった。

竜介たち三人がそれほどにも香澄を執拗に犯し、責めたのは、そのまま解放すれば、自分たちが輪姦犯人として告発されかねないからだ。

それを避けるためには、香澄に男たちの嬲りものになる快楽——早く言えばマゾヒズムの快楽に目覚めさせること。それが竜介の考えだした苦肉の策だった。

そして、竜介らの狙いは、成功しそうだった。

香澄はそもそも性感に恵まれた肉体の持ち主だった。処女ではあったが、乳首やクリトリスを刺激すると強く反応し、愛液が豊富に分泌されてくる。どうやらオナニーも定期的にやっていたらしい。

「これは、責めながらイカせるのも無理ではない」

最初の凌辱の時から、竜介はそう確信した。

クリトリスで味わうイクという感覚は、鋭く短く一過性のオルガスムスだ。

膣の中で味わう感覚は、ズーンという重い感覚で、長く、断続的に快美感覚を爆発させる持続性のオルガスムスで、性感としての歓びはこちらが大きい。言ってみればクリトリスのオルガスムスは男性のオナニーの快感と似ているが、膣内で味わう快感は、子宮をも巻き込む、女だけが味わえる快楽である。

女性は、なかなか膣オルガスムスを味わえないが、一度ある手続きによって味わうと、次からはその手続きをすることで容易にオルガスムスに達することができる。

——そういう知識を雑誌などで与えられていた竜介は、その方式で香澄を調教しようと考えていた。もし自分たちサディストに玩弄され責められながら香澄が膣オルガスムスを得られれば、条件反射の回路が成立する。その次からは同じような苦痛や屈辱で彼女のマゾヒズムを刺激してやれば、豊かなオルガスムスを味わえるようになるはずだ。

それが、襲う前から竜介の頭の中にあった目論見《もくろみ》である。

それは、成功するのではないかと思われた。

特に二日目の夜、男たちはさらにさまざまに、それぞれの嗜好を強く全面的に出しながら、抵抗できない香澄を凌辱し続けた。

竜介は緊縛を好み、性器や性感帯をさまざまに責め嬲る、いわゆる羞恥責め、悦虐責めが好みだった。そうやって自由を奪われた女を辱《はずかし》め、快楽責めにして屈服させることで、彼の強い支配欲、征服欲が満たされるのだ。

アッソンこと由良渉は、鞭、スパンキングなど、女体を打ちのめすことを好んだ。鞭打たれて苦悶する女体の震えが、彼に「生きている」歓びを与えるという。

規久也はアヌス責めだ。それと浣腸。浣腸で悶え苦しませ、排泄させたあとの肛門と直腸を貫き抉って楽しむのが彼のスタイルだ。また、アヌスにバイブや異物を挿入して苦悶させるのも好みである。

規久也に言わせれば、香澄は「膣よりもアヌスで感じるタイプ」だという。

竜介は半信半疑だが、自分も香澄のアヌスを犯してみて、その反応が膣よりも悩ましいことに気がついた。

そうやって二日間、三人の男たちはそれぞれの方法で競ったり、時には手を組んで、あちこちの性感帯を同時に責めたりして、なんとか香澄に膣あるいは肛門オルガスムスを味わわせようと努力してきた。

処女を奪われたばかりで、膣に挿入されるとまだ出血を見、苦痛を訴える段階だから、香澄が膣オルガスムスを得るのは無理だろうという気はするが、それが可能だという確信は責め、犯すたびに強くなっていった。

「こうなったら、膣かアヌスでイキまくるまで、ここで監禁するんだ」

竜介は決意を仲間に伝えた。

おりよく大学は夏季休暇に入り、講義もなくなる。香澄は都心の豪邸に暮らす両親とは離れ、竜介同様、キャンパスに近い夢見山市内のマンションにひとり暮らしをしている。

大学教授に人気作家。親がどちらもインテリで名士だ。幼い頃から放任されて育った香澄だから、都心の自宅に帰ることはめったにない。一週間ぐらいなら、彼女から連絡がなくても親は心配しない――香澄はかつて竜介たちにそう語ったことがある。

香澄の瑞々しい裸体に繰り返し挑みかかってゆく若者たちは、二日目の朝が明ける頃になって、遂に精力を使い果たしたようになった。

――ようやく頭痛のおさまった竜介の記憶は、今の時点に辿りついた。

(おれは、六時頃にダウンしたようだ。その時はまだ渉も規久也も元気だったが、何時まで責めていたことやら……)

そろそろと頭をめぐらせて、周囲を見渡す気力が湧いてきた。

ベッドの右側の床には渉が、左側の床には規久也が、それぞれタオルケットにくるまるようにして、全裸のままガーガーと鼾《いびき》をかいて寝ている。

(ん？)

ふいに竜介はハネ起きた。また頭が痛んだが、こめかみを押さえながら見回す。

この部屋にいるのは、男が三人。

(香澄は、どうした……？)

彼はリビングキッチンの引き戸を開けてみた。

テーブルの上にはあり合わせのものや出前のものを食い散らかした残骸。流しは汚れた食器の山だ。

(まさか、バスルームに……？)

彼らが放置しておいたかもしれないと思って浴槽の中まで覗きこんでみた。

いない。

竜介は寝室に戻り、いぎたなく眠っている友人たちの腰や尻を蹴飛ばした。

「いてて」

「何するんだよう、竜介」

寝ぼけ眼《まなこ》の渉と規久也は、香澄の姿がないと聞いて、弾けたように飛び上がった。

「香澄は、どうしたんだ？」

二人の若者は互いの顔を見やった。

「いないのか？」

「いない。誰かあいつを逃がしてやったのか」

渉も規久也も心外そうな顔をした。

「そんなバカな。逃がせば元の木阿弥じゃないか」

「逃がすわけがないだろう。まだまだ責めたいことはあるんだ」

「じゃあ、どうしてあいつが、この部屋にいないんだ。捜せよ！」

激怒した竜介に怒声を浴びせられて、二人の若者はあわてて下着を身に着け、部屋の中をあちこち、最後には服を着てマンションの内外まで、香澄の姿を捜し求めて動き回った。

外山香澄の姿は、どこにもなかった。

分かったことは、最後に責めた時、拘束の仕方が不十分だったということだ。

彼女を縛るのに使っていた麻縄が、結び目をそのままほおり出されていた。

最後に責めたのは規久也だったが、バスルームで責め抜いたあと、緩みやたるみを点検することなく、キッチンの床に寝転がし、縄尻を食卓の脚に結わえつけたまま眠りこんでしまった。

「その時、香澄はぐったりして、びくとも動かなかったからな。おれも安心していたんだが……」

規久也はしょげ返った。竜介には分かった。

「香澄のやつ、演技していたんだ。完全に伸びているように見せかけて、隙を探していたんだろう」

そういうことに慣れていない規久也が縛り直したのだから、縄目は緩く、抜け出すことなど楽にできたことだろう。

彼女はこっそり、三人の若者たちが前後不覚に眠りこんでいる間を歩きまわって、着るもの——たぶん竜介のTシャツに自分のジーンズ——を見つけ、彼らに気づかれないよう部屋から逃げていったのだ。

「ちくしょう。おれを騙したというのか。香澄め……」

口惜しそうな顔をした規久也は、ギョッとした顔になった。

「もし、あいつが警察に駆けこんだりしたら……？」

輪姦は親告罪ではないという。さらに監禁罪もある。警察に逮捕されたら、りっぱな罪人である。

「大丈夫だろう、それは」

渉が指摘した。

「おれたちの手にはデジカメがある。あれに写っているものを他の誰にも見られたくないだろう」

竜介はゲラゲラと笑いだした。呆気にとられた友人たちに教えた。

「香澄は、カメラも持っていった。抜かりのない女だぜ」

「ええッ⁉」

渉も規久也も真っ青になった。それらの画像は、恐喝の材料でありながら、相手の手に渡った場合、その気になって当局に提出されたら、彼らの犯罪行為の証拠そのものなのだ。

「これは……大変なことになった。もし香澄があれを持って警察に訴え出たら、おれたちはもう終わりだぜ」

「そうだ。香澄は、恥ずかしいから訴え出ない、なんていう性格じゃないからな。徹底的にやり返す女だ。絶対報復される」

　渉などはもう逮捕が決まったかのように悄然としてうなだれた。

「ああ、こんなバカなことをやらなきゃよかった……」

　規久也も頭を掻き毟《むし》るようにした。

「そうかな、おれは楽観している」

　竜介は二人の友の慨嘆するさまを眺め、侮蔑し嘲笑するような笑いを浮かべた。

「なぜだ」

「根拠はない、直感だがな。おれたちはまったく無防備で寝ていた。香澄が復讐したければ、その場でやっていただろう。本当に怒っていたら、この部屋に火をかけておれたち全員を焼き殺しかねない。そんな子だぞ。その機会を捨てて、こっそり逃げるというのはあいつらしくない。だから、警察に訴え出るぐらいに腹を立ててはいないと思うんだ」

　竜介は友人たちが忘れていることを指摘した。

「おれたちは、ひどい目に遭わせたわけじゃない。逆だ。それまで処女で、セックスの快感など知らないあいつに、ともかくオルガスムスを与えてやった。香澄は、最後は感じまくっていただろう？」

「ああ、おま×こですごく感じるようになっていた」

二人の友は頷いた。

竜介の言うとおりだ。

最初に犯されてから二十四時間後、エクスタシーを混入したドリンクを飲まされた才媛女子学生は、竜介の男根を深く受け入れながら、最初の膣オルガスムスを味わった。

一度、体験してしまうと後は一瀉千里《いっしゃせんり》だった。規久也にアヌスを貫かれても絶頂に達した。

うつぶせにされて渉に臀部を鞭打たれながら自分でバイブレーターを挿入し、操るように命令され、三十発も打たれないうちにイッた。また二十四時間が過ぎたころ、香澄はバイブレーターを使わずとも、鞭で打たれるだけで激しく叫び、よがり声を吐き散らしながら絶頂に達した。

「あなたたちの奴隷として仕えることを誓います……」

最後はそういう誓いの言葉まで口にさせられ、竜介はそれをMDレコーダーに録音した。

そのレコーダーも香澄によって持ち去られていたが……。

「あそこまで気持よくさせてやったんだ。おれたちを恨んで警察に突きだすことはないと思うがな」

そういう竜介の確信も、最終的に二人の怯《おび》えを拭い去るところまではゆかなかった。

三人は手分けして、いろんなところに電話した。もちろん香澄の住んでいるマンションにも。空しく留守番電話が応答するだけだった。香澄はどこにも顔を出していない。

「やっぱり警察に行ったんだ。保護されてるんだろう」

規久也は、もう強姦罪で逮捕され、マスコミに自分たちのことが知られてしまったような気持になって、絶望的な表情を浮かべていた。

「おいおい、早まるな。ここでくよくよすることはない。腹をくくって待つんだな。そのうち香澄も出方を決めてくるだろうよ。とにかく腹が減っては戦も出来ぬ。さあ、風呂に入ってから焼き肉でも食いに行こう」

竜介は友人たちを激励し、体を洗わせ、その間に自分は部屋を片づけた。

近所の焼き肉屋に出かけ、吐き出したエネルギー分に見合うだけの肉を食い、満腹してから再び竜介の部屋に戻った。

日が暮れた。

「おかしいな、おそれながら、と訴え出たら、いくら何でももう警察がやってくるはずだぞ。どうしたんだ」

渉が首を傾げた。彼らもまた、香澄が警察には行かないのではないか、という希望を抱くようになっていった。

夜の八時。電話が鳴った。竜介が出た。

「ああ、おれだ。……ああ、いる。……うん。……うむ。分かった。行く」

言葉少なく会話を交わしてから受話器を置き、緊張した顔の友人たちにニヤリと笑ってみせた。

「香澄だ。おれたち三人に会いたい、といってきた」

第六章　会員制輪姦パーティ

「クラブから来月のスケジュールが送られてきたぞ」

帰宅した秋奈《あきな》に、仕事部屋から出てきた夫の浩之《ひろゆき》がファックス用紙を渡してよこした。

寝室で着替えをすませてから、ベッドに座って送られてきた簡単なカレンダーに記された予定表に目を走らせた。

通常、VOCのセッションは基本的に週一回、土曜の夜に開かれるが、今月は水曜に祝日があるので、その前日にも一回、また地方から上京するメンバーのために特別に、というセッションが日曜に一度、月曜に一度あり、都合七回が予定されていた。

そのうち二回は秋奈の生理期間にかかる。浩之が自分の都合がよいという日に、赤いデルマトグラフで丸いマークをつけていた。彼が第一候補として二重丸をつけているのは、生理になる前の週の土曜日で、それは二週間後になる。

その日なら秋奈も他の予定はない。自分の手帳で確かめてから、夫の仕事部屋へと向かい、パソコンのモニターに向かっている夫の背中に声をかけた。

「第二土曜日なら私もかまわないけれど、どんな感じになるか、それによるわ」

浩之はキーボードを叩く手を止めてふり向いた。腕時計を見て、まだ七時前なのを確かめて言った。

「ヒルダさん、まだオフィスにいるんじゃないかな、訊いてみたら？」

「そうね、そうします」

夫の仕事机の電話機からハンドセットをとりあげ、短縮ダイヤルに「伯爵《はくしゃく》」で登録してある番号にかけた。

伯爵という人物は実業家らしく赤坂にオフィスを持っている。そこが同時にＶＯＣの事務局という形になっている。この番号は、他のとは別の専用の電話にかかるらしい。

ＶＯＣは営利事業というよりは、伯爵の個人的な趣味の一環として運営されているグループの名前だ。彼はいろいろな事業に手を出しているらしいが、浩之も秋奈も詳しいことは知らない。そのオフィスも電話番号を教えてもらっただけで、どこにあるかは知らない。ただ、週に五日、午前十一時から午後七時まで、電話は通じ、誰かが出る。伯爵本人がいることはめったにないが。

電話の呼びだし音が二度鳴らないうちにセクシーな女の声が応答した。

「はい、VOCです。どちらさま?」

伯爵の秘書でセッションの時はアシスタントを務める女性の声だ。ニックネームをヒルダといい、豊満な肉体を持つ、三十代後半と思われる熟女。彼女は伯爵の愛人でもあろうと夫婦はにらんでいる。

「あ、ヒルダさん、こんばんは。私、アキです」

アキというのはクラブの中で使われる秋奈のニックネームだ。

「ああ、マダム・アキ、こんばんは」

「来月のスケジュール、送っていただいてありがとうございます。そのことでお聞きしたいの。二週目の土曜日はどんな具合でしょう?」

「ちょっと待ってね」

月に一度は参加する常連メンバーに対する気安い口調の言葉に続いて、キーボードを叩くカタカタという音が受話器に伝わった。パソコンに入力されたデータを表示させているのだ。

「……ええと、今のところアタッカーの申し込みは三人ね。六号、二十三号、八十四号。ビクティムは、六号さんの紹介できた新しい人が一人申しこまれているの。もしアキさんが参加されるのなら、ダブルということになるけど、いい?」

「その、初めて参加される方は、どんな方かしら? 若い方?」

ヒルダは質問の意味を理解したはずだ。

パーティの主役――ビクティム――が二人以上いる場合、年上になる女は、若い女のほうに男たちの関心が向いて、自分が置き去りにされるのではないかと気にするものだ。

「こないだ面接したのだけれど、三十代だと言ってたわよ。知的な感じの人。申し分なく固い人よ。年齢はアキさんより上なことは確かね。独身だけど六号さんに調教されているということで、Mの体験はまあまあるみたい。体型は細いほう。アキさんとはいいコンビだと私は思うけど」

秋奈は送話器を掌で塞いで、夫に訊ねた。

「二週目の土曜だとダブルビクティムになるんですって。六号さんが紹介した新しい方が参加するというの」

「ほう？　美虐卿《びぎゃくきょう》がまた新しいビクティム？　さかんな人だなあ」

パーティの席では六号と呼ばれる人物は、また別のグループの中では〝美虐卿〟と名乗って、非常に活発に活動しているサディストだ。たぶん伯爵とは古いなじみで、VOCの創設時メンバーの一人である。その正体は誰も知らないが、浩之らは、たぶん弁護士のような、法曹界の人間ではないかと推測している。

「常時、何人ものマゾ女性を支配している」

常々、そう豪語しているのだが、その言葉はまんざら嘘ではなくて、彼が自分の調教した女性を連れてVOCのセッションに参加することは何度もあった。いや、自分の愛奴を公開したいためにVOCを利用している、と言ったほうがいい。

調教した愛奴を一つの作品とすれば、それもまた人間の表現意欲の一つの現われかもしれない。夫婦は、そんな会話を交わしたことがある。

浩之は顎を手で撫でた。口髭と顎髭で隠れているが、そこには交通事故で受けた傷跡が隠されている。

「ぼくはかまわないよ。きみがよければ」

秋奈としては自分がセッションの主役でいるのが、つまりシングル・ビクティムが一番やりやすいだろう。そう理解している夫だが、彼としては他のマゾ女性も楽しめるダブル・ビクティムも悪くはない、と思っているに違いない。

秋奈はまたカレンダーを眺めた。

「どうしようかな……。その次だと生理にかかるし、後半に入っちゃうと決算が近いから土曜が休めなくなる」

秋奈は経理専門の派遣社員として、今は都心の食品会社へ通勤している。

「じゃあ……」

決断して送話器を覆っていた掌をどけた。

「ヒルダさん。ダブルでもいいです。第二土曜ということで」

「はい、分かりました。じゃあ七十七号さんも一緒ね？」

七十七号は浩之のクラブでの会員番号だ。クラブ内ではアタッカーは名前を隠し、番号で呼びあうのを原則としている。

「はい、お願いします」

受話器を置いた妻の腰に夫の腕がからみついた。ごく自然に秋奈は浩之の膝の上に尻をのせた。夫は自分より二十歳ちかく年下の、若々しい妻にキスした。

唇を交わしながら自然に秋奈の手は夫の股間をズボンの上から撫でた。その部分は触れる前から膨らんで熱を帯びていた。

「ふふ、私と一緒のビクティムがどんな人なのか、それを想像して昂奮したのでしょう」

妻に言われて浩之は苦笑した。

「それを認めるのにやぶさかではないけれど、やはり一番はきみの反応だ。自分ひとりがビクティムの時よりダブルの時のほうが、きみは反応が豊かだ。アタッカーは何人だって？」

「今のところはあなたを入れて四人。でもそれまでに二人ぐらいは増えるんじゃないか、って」

「六人ならちょうどいい。きみを満足させるにはそれぐらいいなければ」

「あなたを昂奮させるには、でしょう」

促された秋奈は椅子から降りて、カーペットの上に横ずわりになった。腰かけたままで浩之は股を広げて、妻がするに任せた。三十分かけて秋奈は夫の男根を頬張り、舐め、しゃぶり、吸った。射精にはいたらなかったが、浩之は妻の奉仕を充分に楽しんだ。

彼はセッションの時以外に、つまり第三者の存在なしに妻の体を抱くのは稀《まれ》で、射精もほとんどしない。

最後に秋奈はまた夫の膝にのせられ、パンティを脱がされ、指を使われてオルガスムスを味わった。最後は床に伸びてしまうほどの断続的なオルガスムスを。

——二週間後の土曜日。

夕刻、秋奈は夫の運転する車で渋谷へむかった。

行く先は道玄坂近くのラブホテル、『シャトゥ・ルージュ』だ。

主宰者の伯爵がそのホテルのオーナーと親しく、セッションの会場はここのパーティルームと決まっている。

パーティルームの定員は十二人で、吹き抜けの高い天井をもった広いパーティスペースと、螺旋階段をのぼっていった中二階に設けられた二つの寝室。寝室にはそれぞれバスルームが併設されているが、その他にジャグジーバスを備えた大人数が入れるバスルームで成り立っていた。

飲み物や食べ物はいつもアシスタントのヒルダが持ち込んだ。シャンパンにチーズ、キャビアやフォアグラ。薄く切ったトーストが山ほど。ワイン以外にウイスキーやブランデーなど飲み放題食べ放題。

ビクティムとなる女性は無料で、男性参加者のみが参加料を払う。参加料は部屋代を割勘する程度で、一万円に満たない額だ。それで数時間の間、レイプ願望を満たすことができる。都心のどこかで毎日繰り広げられているこのようなアダルトパーティの中では破格に安いし、しかもゴージャスな雰囲気を楽しめる。

早く言えばVOCのセッションとは疑似的な輪姦行為や奴隷調教を楽しむパーティだ。

参加する女性はビクティムと呼ばれる。

ビクティムは被害者という意味だ。もちろん彼女たちは自分の意志で志願する。まあ、サディストに強制されて連れてこられるビクティムもいるが、意志に反してここに連れてこられる女はいない。このパーティはあくまで合法的な体裁をとっている。

参加する男たちはアタッカーと呼ばれる。

参加するにあたっては主宰者である伯爵の面接を受け、ある程度、自分の身許を明らかにする必要がある。伯爵の求める基準をクリアした〝固い〟者だけが、セッションのスケジュール表を教えてもらえるのだ。

セッションの夜、ビクティムはアタッカーの男性たちよりも早く部屋に入り、仕度をする。男たちはもう一つの部屋でシャワーを浴び、パーティルームに集まる。

全員が揃ったところで、ビクティムがヒルダの手によって導かれ、螺旋階段を降りてくる。パーティの幕が切って落とされる瞬間だ。

アタッカーが全員、満足するまでパーティは続く。いつ帰るかはアタッカーの自由だがビクティムが解放されるのは、いつも明け方だ。最低でも六時間から八時間、理性をかなぐり捨てて獣と化した男女の饗宴は持続する。

浩之と秋奈の夫婦がいつものパーティルームに入ると、すでに着替えと化粧をすませたヒルダが会場の準備を進めているところだった。

伯爵の愛人であり有能なアシスタントである美人熟女は、オフィスではいつもかっちりした男仕立てのスーツを着こなしているが、パーティの時は黒いレザーのプレイスーツに網タイツ、ハイヒールブーツというボンデージルックに身を包む。

日本人離れした――実際、ロシア人の血が入っているらしい――美貌とスタイルは、女の秋奈が見てもクラクラするほど蠱惑《こわく》的だ。

わざと目じりを吊りあげるような、典型的なサド女性――サディスティン――の装いをしたヒルダは、艶然と微笑みながら常連のカップルを迎えた。

「ようこそ、七十七号さんにマダム・アキ。今晩はたっぷり楽しんでね」

秋奈はやはり訊《たず》ねずにはいられなかった。

「新しいビクティムさんは？」

「早くにいらして、ベッドルームAで待機されてます。カスミさんというの。できれば、少しお話しして、リラックスさせて欲しいわ。緊張してるようだから」

「分かりました」

「じゃあ、だんなさまはルームAでお仕度を」

ヒルダは螺旋階段をブーツのヒールを鳴らしながら中二階へと昇ってゆく。秋奈はそのあとに従った。

キングサイズのダブルベッドが置かれた広いベッドルームの、応接セットのソファに女が座っていた。カスミという名の、今夜初参加するビクティムだ。

カバーをかけた文庫本を読んでいたのをテーブルに置き、腰をあげた。秋奈を同じビクティムと分かったのだろう。微笑を浮かべて会釈した。

「こちらがカスミさん、こちらがアキさん。今夜はお二人でパーティを盛り上げてね」

ヒルダが如才なく二人の女を引きあわせた。

（えーっ、この人がほんとにビクティム志願……!?）

秋奈は驚いた。と同時に好感を抱いた。

確かにヒルダが電話で言ったとおり、秋奈より年上、三十代前半と思われる、すらりとした体型と知的な印象の強い女性だった。縁無しの眼鏡をかけていることで、女教師のような雰囲気を与えていた。案外、教育者かもしれない、と秋奈は思った。

ただヒルダが伝えなかったのは、カスミがたいそうな美人だということだった。

美人と言っても、ねっとりした妖艶さではない。ボーイッシュというか、よけいな女らしさをそぎ落としたうえでのシンプルな美しさだ。顎から口にかけての線はしっかりしていて、全体に口は大きい。

では女らしくないかというと、そんなことはない。シンプルなグレーのスーツに臙脂《えんじ》色のブラウスを襟を外に出すようにして着ていて、化粧っ気も薄く、よけいな装飾品はほとんどない。それでいてスーツの下から、よく成熟した健康な女らしさが匂いたってくる。

素早く左手の薬指に視線を走らせた。そこには指輪を嵌《は》めた痕跡もない。独身なのだ。

（すてきな人だわ。こんなスッキリしたさわやかな人がビクティムになって大勢の男たちに辱められたがるなんて……）

秋奈はしばらくはそのことを信じられなかった。まあ、人は誰も秘密の欲望を抱いているもので、夫の浩之にしろ自分にしろ、やはり他人の目にはそう見えない存在であるに違いない。こういうパーティに参加していることを知ったら親きょうだいはもちろん、友人知人の誰でもが驚くだろう。

最近の秋奈は、その秘密を抱いていることこそ、人間が一番人間らしくある部分なのではないかと思うようになった。すべての人間が見たとおりの存在であれば、世の中はひどくつまらないものになるだろう。秘密は深ければ深いほど、それが明らかになった時、人を歓ばせる。今、目の前にいる美しい成熟した女こそ、その見本だ。彼女が男たちに汚され辱められながらどれほど乱れるものか、それを想像しただけで秋奈の子宮は甘く疼《うず》いてくる。

ヒルダが腕時計を見て二人に言った。

「始まるまでまだ三十分以上あるけれど、必要ならバスルームでシャワーを浴びて」

二人ともここに来る前に体を洗ってきたので、その必要はないと答えた。

「そうね。男たちも女の匂いがぷんぷんしたほうが、ケダモノになりやすいから……。じゃあ二人でお話でもしていてね。時間になったら呼びにきます」

パーティの進行役をつとめる女性は部屋を出ていった。

秋奈は低い応接テーブルを挟んでカスミと向かい合わせの椅子に座っていた。最初のぎこちない雰囲気を和らげるように口をきいたのは、カスミのほうだった。

「アキさんは、このパーティ——あ、セッションというのね……、何回ぐらいお出になったの？」

「私は六回出ました。つまり今日で七回目になります」

VOCの存在を知って入会したのが半年前で、ほぼ月に一回、夫と共にセッションに参加している、と打ち明けたのは、カスミの快活な、サッパリしたものの言い方に気を許したからだ。あとで思えば、彼女はきわめて聴き上手、しゃべらせ上手な女だった。

「私は、こういう場所は初めてなの。とても不安だわ。胸がドキドキしてる」

左の手でジャケットの上から胸を押さえた。

マニキュアは自然な色で爪はきれいに切ってある。レズビアンなのかもしれない。

「そんなふうに見えませんけど。とてもリラックスしてらっしゃる」

「実はそうではないのよ。逃げだしたいくらいだわ。ねえ、アキさんはいったいどういうキッカケで参加するようになったの？　失礼だけど聞かせてもらえる？」

たぶん不安を紛らわせるために話をしたいのだろうと秋奈は思った。自分も最初の時は、心臓が喉から飛びだすのではないかと思ったほどドキドキしたものだ。

「いいですよ。そうですね、最初にこういうことに誘いだしたのは、主人なのです」

まず浩之のことを説明した。

そろそろ五十歳になろうとするフリーライター。

秋奈はある編集プロダクションに、派遣社員として働いている時、ルポライターとして出入りしていた彼に見初《みそ》められた。といってもその時の浩之は結婚していて、妻がおり高校生の娘がいた。

秋奈は、さほど彼に関心があったわけではなかったが、やがて彼が離婚したと知り、ふっと見せる孤独な翳《かげ》りのようなものに惹かれていった。

彼女は幼い頃に父親を亡くしていたから、ファーザーコンプレックスというのか、かなり年上の浩之との年齢差を気にすることなく、親しく口をきくようになり、口説かれて抱かれ、さらに求婚されても少しもためらわなかった。

一年前にささやかな式をあげて、笹塚のアパートから郊外の夢見山市にある彼のマンションに引っ越した。それまでは浩之は一戸建てに住んでいたのだが、妻への慰謝料として家を明け渡したのだ。

浩之も秋奈も子供をつくる気はなく、セックスは彼の年齢にしてはふつう以上の頻度で楽しんでいた。浩之は自分好みのふくよかな肉体をもつ若い妻を、なめるように可愛がった。

だが三カ月して、浩之が交通事故にまきこまれたことで事態は暗転した。

膝関節を砕かれ、人工関節を装着して歩けるようにはなったものの、以前のように自由な動作が制限されたことと、さらに事故のショックが重なって、重症のインポテンツに陥ったからだ。

一時は二度とセックスは不可能かと思われて秋奈も絶望的な気持になった時、浩之のほうから打開策を持ちかけてきた。それは思ってもみなかった提案だった。

「実は以前から、ある特定の状況を妄想することで、激しく昂奮する癖があるんだ。もしきみがそれに応じてくれたら、またセックスが出来るようになるかもしれない」

その妄想とは、妻の秋奈が複数の男たちに凌辱される、つまり輪姦されることだという。

秋奈はさすがに驚いたが、理解できないことではなかった。というのは、彼女も似たような妄想に耽《ふけ》りながら、しばしばオナニーを行なうことがあったからだ。

二人は何度もそのことを話しあった。

なぜ、浩之が、輪姦される秋奈を想像して昂奮するのか。

なぜ、秋奈が、輪姦される自分を想像して昂奮するのか。

その理由はいろいろ考えられるが、根本は、人間はそういうふうに作られている――というのが二人の結論だった。つまり本能のようなものだと。

カスミという女は考えこむようにして頷いた。

「男は攻撃本能が強く、しかも群をなして行動するよう動機づけられています。それは集団で狩りをしていた原始時代からの習性なんでしょう。だから私も分かります。それと対照的に、女もそういった集団に犯されたがるよう本能づけられているかとなると、いろいろ検討の余地はあると思うけれど……」

その語りかたからして、カスミが教養だけでなく深い学識もある人物であることが分かった。ふつうの女教師やキャリアウーマンといった職業ではない。もっと専門職だ。

（美虐卿は弁護士のようだ。だとしたら、この人も弁護士かしら？）

秋奈は目の前の年上の女のことをいろいろ推測した。着ているもの、化粧、装飾品は特に目立つような高価なものではないが、それは意識してのことではないか、という気がした。

（本当は、よい暮らしをしている人じゃないかしら。わざとふつうの階級のように見せているけれど……）

秋奈は告白を続けた。

「夫は、一度、輪姦プレイを体験してみようと私を説得して、私も最後にはその気になったのです。というのも……」

輪姦を題材にした映画や小説などに接すると、浩之は明らかに昂ぶるのだ。レイプシーンばかりの裏ビデオを観たりすると、犯される女優を自分の妻に置き換えて、浩之は萎えた男根を熱くふるい立たせ、脈打つようになる。

射精にまでいたらなかったが、結合は果たせるようになった。もし、現実に自分が犯されるのを目の前にしたら、夫は不能から完全に回復することだろう。

その確信が秋奈を頷かせた最大の理由だ。

それと同時に、少女時代から自分がことあるごとに耽っていた妄想を現実のものとして体験してみたい、という願望もしだいにつのってきたこともある。もちろん、現実の行為としてではない。疑似体験としての輪姦プレイを味わうことに合意したのだ。

もっぱら家にこもって出来る仕事を選んだ浩之はいろいろな情報を集めて、そういった願望を現実のものとして楽しもうとするグループが、都心にいくつも存在し、活発に活動していることを探りだした。

そういうグループを探しだし、調べているうち、ゆきあたったのが〝VOC〟というグループだ。彼らは、わずか数千部しか発行されていない、それゆえに熱烈なマニアの多い同人誌的なSM雑誌『SMプレディター』にだけ広告を出していた。

VOCとはヴァイオレンス・アンド・オージー・クラブの略。暴力と乱交。輪姦プレイ専門のマニアを集めたグループだった。

ここが他と違うのは、主宰者が審査する厳格な会員制をとって、メンバーたちだけでセッションと称する輪姦パーティを実践していることだった。

もちろん犯罪になるようなことはしない。輪姦されるのは、マゾヒストの女性。誘われてくるものもあれば進んで志願してくるものもいる。

常識人には考えられないことだが、世の中には秋奈が妄想するよりも激しく、大勢の男たちによってたかって凌辱されたいと願う女たちが少なくないのだ。

〝伯爵〟と称する裕福な実業家が、自分の嗜癖を満たすために愛人に手伝わせて、そういう女性――今はビクティムと呼ぶ――が見つかるたびにパーティを開いたのが、そもそもの始まりだという。

やがて彼らはメンバーを募るようになり、今では百人以上が集まって、ほとんど毎週セッションを行なうまでの活動的な団体に成長した。

彼らの発行している機関誌には、その淫虐きわまりないパーティの詳細が参加者、特にビクティムの側から報告される。

それを読んだ浩之は激しく勃起し、秋奈は事故後、初めて彼の男根を受け入れ、射精を受けることに成功した。それまでは消極的だった秋奈も、ようやく、夫がこれまで隠していた欲望の激しさを理解した。

「私も乗り気になって、半年前、二人で伯爵とお会いしました。その場で信用できる方だと分かって、VOCに入会させていただいたのです」

　カスミという女の、眼鏡のレンズごしに、知的な印象の強い、どちらかというと冷ややかな光を放っていた目が、今はキラキラと輝き、熱を帯びた者のように潤んでいる。明らかに秋奈の話に引き込まれている。

「最初は、どんなふうでした？」

　問われて、秋奈は半年前のセッションのことを語ってやった。半分は目の前の年上の女の昂奮をもっと高めてやるために、半分は自分をも昂奮させるために。

「最初は、私の希望でシングルだったんです。つまり私ひとりと男性四人のセッションでした。夫もその中のひとりで、今も他の参加者はそのことを知りません。その時もやはりここのパーティルームでしたけど、はじまってしまうと私、怖さが吹っ飛んで、いざ犯されはじめると、ものすごく感じて、生まれて初めての膣オルガスムスを味わってしまいました。それも何度も何度も……」

　カスミの目が丸くなった。

「本当？　そんなに感じたの？」

「ええ、やっぱりセックスというのは、日常的なことになると、昂奮が弱まるんですね。生まれて初めて複数の男性とセックスするのに加えて、暴力で言いなりにされるわけですから、それはもう本当に輪姦されているような錯覚さえ覚えました」

それは嘘ではなかった。それまでは挿入だけはかろうじてできる状態まで回復していた浩之は、妻が他の男に犯され、それもアナルセックスまで強要されて感じているのを見て、ものすごく昂奮したのだ。

「カスミさんも、すでにヒルダさんからセッションのあらましはお聞きになってるでしょうけど、男性は全員、覆面してるんです。ですから犯されるほうは、だいたいの体型ぐらいしか分かりません。彼は、他の男性にまじって私を犯したのですが、二回挑んできて二回とも射精に成功しました。私は何番目に私を犯したのが夫だったのか、全然分かりませんでした。それぐらい元気になってしまったんです。それまでのしつこいインポテンツが、ウソみたいにきれいに治ってしまったんです」

自分より四、五歳は若い人妻の告白を聞きながら、カスミという女は素直に同情したり驚いたり、呆れたり感心したりする言葉や態度を豊かに表現してみせた。

「じゃあ、アキさんの場合はこの会に参加したことが自分たちの幸せにつながったのね。よかったわ、そういうお話を聞かせていただいて。だってそれまでの私、どこに流されてゆくのやら分からない、梶の壊れた小舟のようなものだったから……」

秋奈はピンときた。

「由良の門《と》を、渡る舟人《ふなびと》梶を絶え、行方も知らぬ恋の道かな——でしたね」

カスミはまた目を丸くした。

「あら、百人一首がお好き？」

「いえ、高校時代、国語の先生に全部、暗記させられたんです。夏休み中かかって、ようやく覚えました。そういうのって案外、あとあとまで覚えてるものですね。由良の門は、確か、曽根好忠でしたっけ？」

「ええ、そうです。四十六番」

それから、あわてたように次の質問を口にした。

「最初のセッションの時、アキさんのほうはどんな感じだったんですか？」

ふと口にした言葉を打ち消そうとでもするかのような唐突さが、秋奈の印象に残った。

(百人一首を口にしたことが、何かまずかったと思ったみたい……)

ともあれ、カスミの質問には答えなければならない。

「私ですか？　それはもう、すごく昂奮しました。ご存知のように、同じ輪姦プレイでもハードスペシャルと、スタンダードに分かれています。私はずうっとスタンダードできてまして、ハードスペシャルは一度もやったことはありません」

「それは、実際のレイプに近いやりかたで行なうセッションですね？」

「そうです。ビクティムは必ず抵抗しなければいけません。逃げようとし暴れ、噛みついたりひっかいたり、本当に力ずくで輪姦するのがハードスペシャル。これは殴られたり肉体的ダメージをある程度、覚悟しないとダメなので、私もなかなか試せません。私は痣《あざ》になりやすい体質で、そういうプレイをしたら、一週間はふた目と見られない顔や体になります。実際、ハードスペシャルに志願される方は、入院されることも珍しくないとか」

「それはアタッカーのほうも刺激されるからでしょうね。凶暴な原始の血を刺激されるのかもしれません。実は私も、ハードスペシャルには興味があるのですが、アキさんと同様、人前に出られなくなっては困りますからね。仕事が出来ませんもの」

では、やはりこの女性は人前に出て働いているキャリアウーマンだ。

「でもスタンダードだって、充分に刺激的ですよ」

「誘拐され、拉致されてきた女が、悪党の一味によってたかって辱められる――というのがスタンダードのコンセプトだと聞いたけれど」

「そうです。それでも男たちの荒々しい欲望はじゅうぶん味わえます。最初の時は、夫を含めて四人だったんですが、最初の一人の時からもうイッてしまいましたもの。実はこの部屋を出て、階段を降りる途中から、もう腰がガクガクいってました。見られるだけで、そんな快感を味わうとは思っていませんでした」

「まだ、何もされていない段階で？　あなたって相当にマゾヒズム度が強いのね」

カスミの口調から他人行儀なよそよそしさが消え、親しみが増したなれなれしいものになってきた。

「そうなんですよ。でも、自分がそうだと気がついたのは、その時が初めてなんです」

「シングルからはじめたほうがよかったかしら。私、紹介してくださった方の意向で、ダブルからはじめるようになったんだけれど」

「私も最初、ダブルは苦手でした。アタッカーの関心が分散されるから。でも、ビクティムの組みあわせで、昂奮もよけい盛り上がるんだと分かりました」

「どういうこと？」

「うまく言い表わせないんですけれど、私の中にもアタッカーの部分があるんですね、たぶん。ですから、たとえば、カスミさんが責められている時、それを見ている私の中に昂奮する部分があるんです。もっとやれ、というような」

「ああ、分かるような気がするわ」

「そして、今度は責められている私は、カスミさんに見られることで、よけい昂《たか》ぶる部分がありますす。ビクティムの部分が倍加されます」

「なるほど……。でも、うまくいかない組みあわせというのもあるのでしょう？　私たちはどうなのかしら？」

先輩としての意見を求められた秋奈は、気をよくしてニッコリ笑った。

「私たち、対照的じゃないですか。カスミさんは背が高く、スラリとして、スリムボディ……。私は全然そうじゃない。ですからうまくいく組みあわせだと思います」

「それを聞いて安心したわ」

カスミもニッコリ笑った。

「これまでのセッションで、最高、何人ぐらいに犯されました？」

「一番多かったのは十一人という時。本当はトリプルだったんですよ、三人のビクティム。ところが、その時になって、他の二人のビクティムが来られなくなったのです。トリプルということでヒルダさんも大勢のアタッカーに声をかけてましたのに、私一人になって、みんな頭に来て……。その怒りが全部私に浴びせられました。もう気絶なんてものじゃなかったです」

「まあー、それだと二回ずつ犯されても二十回以上よね」

「ヒルダさんによれば三十三回の射精を私が受け止めたそうです。射精しないのを入れるとのべ四十本以上が私の膣に突き込まれた勘定になります」

「想像もできないわ。そうなると膣はどうなるの？」

想像できないような地獄絵を想像しようとするカスミの顔が恐ろしげに歪む。

「ガバガバになると思うでしょうが、違うんです。かえってきつくなって、後になるほど快感だったと言われました」

「どうしてそうなるのかしら？」

「たぶん、腫《は》れるからだと思います。二、三日はそうとうヒリヒリしました。もちろん炎症治療の座薬を入れてました。それはヒルダさんが用意しています。伯爵はなじみのお医者さまが何人かおられますから、何かあればお医者さんを紹介してくれます」

「至れりつくせりなのね」

「そうなんです。だからVOCは人気があるんだと思います。ビクティムが安心して参加できる体制が整っていますから」

今度は秋奈のほうが、思っていた疑問を口にする番だった。

「カスミさんのほうはどんな事情でセッションに参加しようという気になったのですか？よかったら教えてください」

眼鏡美人の、どこかボーイッシュな雰囲気を漂わせる女は、頷いてみせた。秋奈は、なぜこの女性に惹かれるのか、ようやく分かってきた。過剰な女らしさがないのだ。

「いいわよ、あなたに聞かせてもらえたんだから私も答えないと……。でも、たいした理由はないの。そうね、今から十年以上も前かな。私がまだ大学生だった頃、輪姦されちゃった経験があるの」

秋奈は目を丸くした。

「うそー、いったい誰に、どこで犯《や》られちゃったんですか？」

「それがね、三人いて、皆、大学の同級生」

カスミという女は、驚いて声も出ない年下の人妻にニコッと笑ってみせた。人なつこい笑顔だ。

「当時の私は、人よりものを知ってると思いあがっていたバカな女の子。いつも仲がよくて三人でつるみあってた男の子がいて、私も気やすく付き合っていたの。その三人が、私にバカにされてばかりで頭にきて、ある晩、ひとりのアパートの部屋で議論してた時、突然襲ってきたの。あとで分かったのだけど、首謀者格の男の子がお酒に薬を盛ったのね。私、ただでさえメロメロになってるところを三人がかりでいたぶられたら、すごく感じてしまって……。その時、まだ処女だったんだけどね」

どちらかというと過去を懐かしむようなものの言い方、表情で、陰惨な体験を告白するという雰囲気ではない。それでも秋奈は言葉を失って聴きいった。

三人の学生はみな、それぞれ違った形でサディストだった。二晩にわたって繰り返し犯され、薬のせいもあってイカされ続けたカスミは、彼ら三人の言うなりに残りの学生生活の間、彼らの性的奴隷として仕えることを誓約させられた。

「結局、残りの一年ちょっと、三人は私のご主人さまとして君臨し、私は彼らのマゾ奴隷として好きなようにオモチャにされて過ごした。その関係は卒業までという約束で、彼らは卒業と同時にバラバラに就職したり留学したりしたから、主人と奴隷の関係もそこで終わったの。でも、私の体に刻み込まれた性癖は忘れられなくて、ときどき行きずりの関係でサディストたちと付き合っていた。それが最近、私の仕事の関係で、上司のような人に性癖を見破られて調教され、奴隷を誓わせられてしまった……。それが美虐卿。あ、ここでは会員番号でいうのね。六号の人」

「ええ、美虐卿さんは私たちもよく存知あげてるわよ。あの方、他の場所でも有名な人だから」

「あ、そうなのね。……彼は私がレイプ体験、輪姦体験を懐かしがっていると思って、それを追体験させてやろうと、一番信頼できる人が主催しているパーティだからって、今夜、ここへ来させたの。彼は仕事の都合で、私よりあとに来ることになっています。もう来てるかもしれないけれど」

「なるほど……。そういうことだったの。じゃあ、おおいに楽しめると思うわ。今夜は六人のアタッカーが参加するそうだから」

「でも、具体的にどんなふうにされるのか、教えてくれないかしら？」

どうやら彼女のサディストのパートナーは、具体的な情報をあまり彼女に伝えていないらしい。

「基本的には毎回、伯爵が参加して仕切るというか、趣向を考えるの。アタッカーは自分勝手に無茶はできないし、今夜のようにダブルビクティムの場合は、どちらかにだけ集中するのは許されない。つまり私が五人に十回犯されたら、カスミさんも同じ人数、同じ回数犯されないと終わらない」

「平等なのね。安心したわ。アキさんは私よりもずっと魅力的だから」

「そんなことはありません。カスミさんのほうが男たちを魅了すると思います。あ、忘れていた、アタッカーの中にはヒルダさんも加わります。彼女は女性にはサディストでレズビアンの気も充分なので、伯爵はよく、彼女にも私たちを責めさせます」

「どういう責め？」

「得意なのは拡張責めですね。フィスティング。私も彼女の調教を受けて可能になりました。男性のはまだ無理ですけどね」

「フィスティング……」

心なしかカスミの顔がひきつった。人の握り拳を女体の中へ挿入することをフィスティング、またはフィスト・ファッキングという。女性が全員というわけではないけれど、調教によってはかなりの比率で男性の拳を受け入れることが出来る。

体質もあるが、膣ばかりではなく肛門でも受けいれられるようになるし、たとえば二本の腕を受けいれられる者もいる。

「ご存知ですよね、フィスティングは……」

秋奈が訊ねると美しい年上の女は頷いてみせた。ただ表情が少しこわばっている。誰でもフィスティングが好きになるとは限らない。

「でも、そういうのって、女の体を破壊することじゃない？　ふつうのセックスが出来なくなるようなことはないの？」

「大丈夫ですよ」

この場では先輩の立場である秋奈は、青ざめてきたカスミをいたわるように言った。

「私もヒルダさんに調教されてきたんですが、ゆっくり徐々に拡張される場合、フィストが出来るようになっても、ふつうのセックスは変わりません。いえ、前より中がよく動くというか締めつけるようになって、男性は具合がいいと言います。夫も私のおま×こがずっと練れてきて、倍も快感を得られると褒めてくれますよ」

「そうなの？　なんだか信じられないけれど……」

「でも、カスミさんは今夜が初めてだから、ヒルダさんのフィスティング調教はないと思います。たぶん私だけがさせられます。もちろんカスミさんも参加させられますが、それは責め手として」

「私が？　責め手？」

カスミは、不思議そうな驚きを顔に表わした。

「つまり、あなたの手で私を責めるんです」

「ええッ、そんなこと……」

恐怖を覚えているカスミという女の姿を、秋奈は愛らしいと思った。

「大丈夫です。私もつらそうな顔をするかも知れませんが、気にしないでください。すごく感じるんですから、手加減とかすることないです」

「そうなの……？」

半信半疑の表情を浮かべた年上の女に、人妻は頷いてみせた。

「ええ、……実は私、セッションの中で何が最高かというと、みんなに見られながらのフィスティングの調教なんです。一番期待している部分。もちろんそれまでの過程も期待しているけれど、メイン・ディッシュと言ったらいいかしら。それがフィスティング」

ドアがノックもなしに外から開けられた。乗馬鞭と麻縄の束を手にしたヒルダがつかつかと入ってきて、二人の前にすっくと立ちはだかった。

毒々しい赤紫色の口紅をつけた唇から、冷たい意思を秘めた命令が発せられた。

「アタッカーは全員、準備が整ったわ。いよいよビクティムの出番よ。さあ、服を脱いで下着だけになりなさい！」

二人の女は弾かれたように立ち上がり、命令に従った——。

第七章　欲情する二人の生贄

吹き抜け天井をもつ広いパーティルームには六人の男がいた。

定員は十二人とされているが、二十人ぐらいの立食パーティが可能という広さだから、狭苦しさはまったくない。

男たちの年齢は下は二十代、上は六十代ぐらいまでさまざまで、太ったの痩せたの筋肉質なの、体型もさまざまだ。彼らはみな薄手の白いタオル地で作られた短めのバスローブを纏《まと》っていた。それだけをみれば、あたかもサウナ風呂の休養室を思わせる姿だ。

だが彼ら全員が、黒い目出し帽のようなマスクを頭からすっぽりかぶっていることで、サウナ風呂的なのどかさが吹き飛ばされている。

それは黒い絹布で作られた、特殊任務につく兵士がかぶるようなものだ。

それをかぶれば、見えるのは両目と、唇だけだ。それはまるで昔のマンガの、戯画化された黒人のように表情を画一的に分からなくさせてしまう。

男たちは素足で、みなカーペットの上に仁王立ちになっている。彼ら六人は、中二階から降りてくる螺旋階段をとり囲むような半円形を形づくっていた。

もちろん、その中には浩之もいた。彼の痩せた体型と下半身の右足に残る傷跡で、マスクをかぶっていても秋奈には見分けがつくだろう。それは別に問題ではないのだ。確かに、自分の顔を見られることをいやがってマスクをかぶるアタッカーもいるが、たいていは淫虐な生贄儀式の最初を、おどろおどろしい雰囲気にするための演出だと思っている。

ビクティムに対する凌辱が進行するにつれて、男たちはマスクなどかなぐり捨て、全裸になってしまうのがいつものことだ。

ガチャ。

頭上でドアが開く音がした。

「さあ、歩いて!」

叱咤するヒルダの声が吹き抜けの天井に響き、男たちは期待をこめた目を螺旋階段のてっぺんに向けた。

最初に姿を現わしたのが秋奈だった。

小柄で肉付きのよい、小麦色がかった肌に、白いパンティと白いパンティストッキングだけという姿。後ろ手に麻縄で縛りあげられている。裸の上半身には、きびしくかけ回された縄が、乳房を上下から紡錘形に絞り出すように歪ませて、九十五Dカップというふくらみが充血していた。広い乳暈の中心では、濃いバラ色の乳首が尖ってせり出している。

彼女の長い髪は後ろで束ねたようになっている。口には赤いプラスチックの穴開きボールギャグを嚙ませられ、発声を奪われている。その尾錠つきベルトが、首の後ろで髪を押さえる役を果たしていた。

かなり急な螺旋階段を、後ろ手に緊縛されたままで下るのは、たとえ靴を脱いでいても難しく、秋奈は真剣な顔で、そろそろと一段ずつ踏みしめるようにして降りてくる。

下から眺める男たちは、彼女の豊かでむちむちと肉のついたヒップや太腿、ストッキングとパンティに覆われた臀部のまるみなどを、下方向からたっぷり鑑賞する時間を与えられた。

ローマ時代、女奴隷のセリ市に集まった男たちのように。

秋奈の背後から六号以外にはなじみのない、初参加のビクティムが続いてきた。

彼女は黒いTバックのショーツを穿き、黒いレースのガーターベルトをよくくびれたウエストに巻き付け、四本のサスペンダーで黒いストッキングを吊っていた。

「ほほう……」

昂ぶった男たちの中から期せずして賛嘆の呟き、唸り声が洩れた。

出走ゲートに入れられた競走馬のように逸りたっている男たちだが、この女のきわだった美しさには、目を奪われないわけにゆかなかった。

何より白い肌の、きめの細かい美しさだ。

照明を受けて輝く素肌は、三十代という年齢を感じさせない瑞々しさだ。

さらに贅肉のひとつまみもないスリムでスレンダーな、均整のとれたすらっとした肉体。

背は高く手と脚は華奢な感じがするが、腿や尻のふくらみは充分に女らしい。それと下腹部に盛り上がる悩ましい恥丘もよく突出している。

ただ乳房だけは、上下に縄をかけられてくびり出されている今も、決して豊かとはいえない。乳暈は淡いピンクで乳首は濃いピンクで、色素の薄いぶん思春期の少女のそれを思わせる。それでも男が掌をかぶせれば、覆えるほどのふわりとした肉の丘だ。

黒い絹のマスクから露出している血走った六対《つい》十二本の視線が、二人の女の素肌のあらゆる部分をくまなく舐めまわした。

彼女もボールギャグを嚙まされていて、その色は黒だった。そして黒い、帯状に折り畳まれた布が目を覆っていた。

それで目隠しをされていても危なげなく彼女が螺旋階段を降りてこられるのは、布の目が粗く、視界を完全に奪わないからだ。この目隠しはビクティムの視界を妨げるものではなく、容貌を隠すためのものである。

参加する女たちの中には自分の顔が完全に露出されることをいやがるものがいて、希望すればこの目隠しを許される。

秋奈も最初の二回ほどは目隠しを希望したものの、やがて要求しなくなった。

広い世界で偶然に伯爵のサイトで出会った者同士である。日常生活の中で出会うことなど考えられないほど希少な確率だし、すれ違ってもお互いのことには気がつかないだろう。それを考えると、顔を隠す必要などないと思えるようになってきた。

ただ、浩之もこの女の事情は分からない。体つきといい、目隠しをされ裸にされても匂いたってくる品のよい知的な印象といい、ひょっとしたら何かの世界でひとかどの活躍をしている人物かもしれない。だとしたら顔を露出することを嫌うのは当然だ。

アタッカーにとって、ビクティムが目隠しされていることは、特に問題にはならない。かえって自分たちが大胆に振る舞える。

後ろ手に縛りあげられボールギャグを嚙まされた、対照的な体型と雰囲気をもつ女たちが、ようやく一階の床に降り立った。

二人は螺旋階段を支える鉄の支柱の前に並んで立たされた。

秋奈は男たちの視線に犯されるのを感じて俯《うつむ》いている。もう一人の女はわりと昂然とした感じで前を向いていた。ただ、乳房の隆起の部分の動きを見れば、呼吸は荒いのが分かる。

二人の噛まされたボールギャグは唾液を吸わないので、唇の端からは唾液が溢れてきて顎を濡らし、糸をひくようにして胸へと垂れてきている。ボールギャグには惚けたように涎を垂れ流しにすることで、生贄のプライド、矜恃というものを打ち砕く効果がある。

ヒルダが、生贄を前に殺気だつような男たちと、ビクティムの間にたちはだかった。

「では、今夜のビクティムを紹介します。赤いボールギャグがアキ、セッション参加は七回め。黒いボールギャグがカスミ。参加は初めてです。今回は三人ずつ並行してレイプしてゆき、終わったところで一ラウンドめが終了、相手を交替してまた三人ずつが二ラウンド。そこで休憩とします。三ラウンドめは希望者による責めながらのレイプ。四ラウンドは私がフィスティング調教を二人に行ないます。五ラウンドめはその後で二人のおま×この具合がどのように変わるか、また並行してのチェーンレイプになります。さあ、どうぞお楽しみください」

壁際に置かれていた二台のキャスターつき補助ベッドが、中央に並べて置かれた。マットの上に白いシーツを敷いただけで、毛布もかけ布団もない。

二人の女は、半メートルほどしか間隔を置かずに並べられたベッドの上にのぼらされ、正座の姿勢をとらされた。

誰かが——たぶん伯爵だろうが——照明のスイッチ類を操作して、二人の女の真上からのスポットライトの明かりだけにした。周囲の光景は闇の中に沈み、ベッドの上に後ろ手に緊縛されたまま正座させられている二人の裸女を、眩しく浮かび上がらせた。

誰が誰をどの順番で犯してゆくか、輪姦の序列は伯爵によって決められ指示されていた。当然ながら浩之は最初は秋奈にとりつき、三番目に犯す。これは伯爵の気配りだ。

ともあれ夫婦の結合を、一ラウンドの最後、後続を気にしない位置で完遂させる。二ラウンドめはカスミにとりつき、その合間合間に二人の口、アヌスを楽しむ。二ラウンドから三ラウンドにかけては一人の女が二つの穴を同時に、いや三つの穴を同時に犯されることも珍しくないほど乱れてゆく。

「一番槍、つけるがいい」

男たちを背後から監視するような位置にいる伯爵が、野太い声で指示した。彼のマスクだけは光沢のあるサテンで、それがこの場を統率するリーダーであることを証《あか》している。

「うう」

「おう」

二人の男がバスローブをかなぐり捨て、唸るような吠えるような声を発して、全裸の体をそれぞれのビクティムが待ち受けるベッドに這いのぼらせた。

二人とも三十代半ば、男ざかりの肉体の股間で肉槍はどす黒く充血の色をたたえて怒張し、逸る馬のようにぶるんぶるんと揺れている。

秋奈の側には浩之ともう一人が左右からとりつき、女体を制する。

カスミについたもう一人は彼女を連れてきた六号――美虐卿だ。さらにヒルダもついた。

最初に参加するビクティムは、ヒルダが介添え役として凌辱の度合いを加減してやる。刺激が足りなければ加えてやり、凌辱者たちの欲望が過熱し暴走しそうになるとブレーキをかけてやる。

伯爵は両者を等分に見渡す位置に、仁王立ちになって腕組みをしている。彼は眼前で女たちが屈強の男に組み敷かれ、悶えのたうち、暴れ、呻き、泣き叫ぶ姿を見るのが楽しくてたまらないのだ。

秋奈を最初に犯す役の男は、後ろ手に縛られた人妻を正座の姿勢から前倒しにして、頭をシーツに埋め、臀部を持ち上げる姿勢にした。

ビリビリとパンティストッキングが引き破かれ、パンティが剝ぎ取られる。

秋奈の秘部が血走った男たちの視線にさらされた。その部分はきれいに剃毛されていて、唇状の器官が昂奮の状態をあからさまに示していた。つまりすでに薄白い液を滲ませている。

強い酸味を帯びた乳酪臭が、男たちの欲望をさらにぐらぐらと煮えたぎらせた。

「このやろう、これでもくらえ」

つきたての餅を思わせる、二つの白い肉の半球が天井を向くようにさせ、男は、小柄な女体を横抱きにして、右手をふりかざすと強烈なスパンキングを与えはじめた。

ビシビシ、パンパンと肉を撲《う》つ残酷な音がたって、秋奈の素っ裸にされた裸身がくねり悶え、なんとか逃れようと暴れる。それを押さえこむ浩之たち。

「あうう、むー、うぐー……！」

さんざんに臀部を打擲された秋奈が仰向けに転がされた。浩之が下半身を押さえつけ、もう一人が上半身を担当する。泣き濡れた人妻の口からボールギャグが外され、叫ぶ間もなく一番槍の穂先がねじこまれた。

「む、う、むむ……」

しっかりと頭を押さえつけられ喉まで貫かれる秋奈の目から、苦悶の涙が溢れるが、秘部からは薄白い液がトロトロと溢れてくる。

しばらくビクティムの口舌奉仕を強制させて楽しんだ男は、ようやく彼女の股を割り裂くようにして、コンドームを装着した肉槍の根元を片手で握り締め、もう一方の手で秘唇を大きく広げる。サーモンピンクの粘膜のあわいに穂先がずぶりと突きたてられ、

「あううう、ひいーッ、ううう！」

本当の槍を受けたかのように悲痛な呻き声をあげて裸身をのけぞらせる秋奈。暴れて逃れ

ようとする四肢は夫たちに力ずくで押さえつけられている。

「うぬ、うう、おお、いいぞ……」

ふかぶかと貫いた一番槍が悦楽のきわみの吐息を洩らす。秘毛がないので、肉槍による容赦ない凌辱のすべては、共犯者たちの目にハッキリと見届けられた。

「この女、体が勝手に反応して締めつけてくるわ。たいしたもんだ」

自分が話しかけている男が犯している女の夫だとは知らない男は、自分の欲望のおもむくがままに激しく腰をつかいはじめた。ギシギシとベッドのスプリングが軋む。

浩之がふと隣のベッドを見ると、やはり四肢をいっぱいに広げられたカスミが、同様に女体の中心を貫かれてのけぞったところだ。その口にはまだボールギャグが嚙まされていて、溢れる唾液が涙と汗と一緒になって顔の下半分を濡らしている。

二つのベッドの軋みが、女たちの呻きと喘ぎと、男の獣のような唸りと呼吸音、そして罵声が、パーティルームに交錯していった。

(なんという背徳、なんという昂奮。今夜は二度でも三度でもできそうだ。秋奈を失神させ、あのカスミという女も失神させ、朝まで獣となって犯し尽くしてやる……)

浩之は自分の体の中で血が沸騰するような昂奮を自覚していた。

「あうう、あうーッ!　おおお、おう!」

早くも最初のオルガスムスに達した叫び声をあげる、妻の裸身を押さえつけながら、自分のふだんは萎えている男根が、痛いほどに屹立しているのを自覚した浩之は、順番が来るのが待ちきれないほどだ——。

「う、ぐー、ぐううッ!」

カスミの体も弓なりにのけぞった。爪先にまで痙攣が走る。彼女も最初の男に犯されながらイッたのだ。

(あの女も、秋奈に負けず、そうとうにマゾ性の女だ……)

浩之は感嘆した。

生贄の女が二人、ということは、一種の心理的な鏡だ。男たちの昂奮、女たちの屈辱や苦痛、それが燃料となって燃え上がる快楽の炎。すべてが反射しあい、熱と輝きを増幅してゆく。

二人めの男が、今度は仰向けにした秋奈の上にのしかかった。

ふかぶかと貫かれながら、またもや絶頂に達してゆく女体。

(こんな女ではなかったのだ。それが、ここまで感じる体になった……)

浩之は改めて、妻の開発されきった性感に感嘆するのだった。

口説き落とした頃の秋奈は、まだまだ未開発の部分が多かった。浩之とのセックスで、必ずしもオルガスムスを得られるとは限らなかった。セックス自体に積極的というわけでもなく、彼が求めるから、喜ばせてやりたいという受け身の気持で抱かれる部分があった。

その彼女が変化していったのは、皮肉なことに、浩之がほとんど不能に近くなってからのことだ。

根気よく自分以外の男たちに犯されて欲しいと、自分の倒錯し歪んだ欲望を明らかにしながら説得し、そういった実例のビデオや文章を見せているうち、秋奈は激しく欲情するようになり、秘裂を濡らすようになった。

その段階ではまだ抵抗していたのだが、自分だけではなく、大勢の男に犯されることを願望している女たちが大勢いることを知るにつれ、彼女はすみやかに発情するようになった。

ドスドスと荒々しくピストン運動を行なっていた二番手の男が、「おうう、ううう」と呻きながら射精した。かなり昂奮していて、挿入してものの二、三分だった。

輪姦凌辱という行為に逸りすぎて暴発するものは珍しくない。しかし、このセッションでは早く達することは歓迎されこそすれ、貶《おとし》められることではない。なかなか終わらない遅漏こそ嫌われる。ある時間、挿入して果てることの出来ない男は、伯爵が命じて交替させることがある。場がしらけるからだ。

「三番槍、ゆけ」

伯爵が励ますような声をかけ、浩之は頷いて進み出た。

二人の男に貫かれ、数度のオルガスムスを味わっている秋奈は、もう理性がふっとんでいて、その目は焦点が合わず、夫が覆いかぶさってきても認識できているとは思えない。

それはいつものことだ。

浩之も、妻が自分だと分からないぐらい乱れているほうが、昂奮も増す。

まず汗と涙に濡れた顔を持ち上げさせ、男根を口にねじこむ。たちまちからみついてくる舌。

舌を使わせながら、ふと隣のベッドを見ると、今は後ろ手に縛った縄を解かれたカスミという女が、犬のように四つん這いにされて、一人に背後から犯されながら、もう一人の男根を口に押し込まれていた。彼女が激しく昂奮しているのは一目瞭然だ。犯される部分から溢れる愛液がダラダラとシーツに滴り落ち、そこに大きなシミを形づくっている。まるで尿を洩らしこぼしたかのように。

「よし、ゆくぞ」

妻の口から男根を引き抜き、彼女の両足を自分の肩に乗せるようにして、ジャックナイフのように体を折り曲げさせた。すでに二本の男根で突きえぐられて、ぽっかりと暗い内部を見せて開いて、あたかも涎をたれ流す幼児の唇のように薄白い液を垂れ流している。

腔腸動物の捕食口のように、獲物を求めてひくひくと蠢《うごめ》いているような妻の膣口に、浩之はコンドームを着けた男根をあてがい、ぐいと腰を進めた。ふだんのセックスでは不可能なことが、いまこの場では可能になった。

「あうう、あう！」

子宮口までを夫に衝かれた秋奈が、白い喉を見せてのけぞり、連続したオルガスムスを爆発させていった。

第八章　蹂躙された性愛器官

浩之が射精をすますと、秋奈にかかっていた男たちは、カスミがいるベッドへと移動した。カスミにかかっていた男たちとヒルダは、今度は秋奈に襲いかかる。

二時間かかって、秋奈とカスミは、それぞれ六人の男たちに犯された。

一巡した後、足腰が抜けた女たちは、ヒルダに抱えられるようにして一度、階段を上がって寝室へ姿を消した。後半部の凌辱に備えるための一時間の休憩時間だ。

その間、二人のビクティムに欲望を吐き出して満足した男たちは、ジャグジーバスのあるバスルームで汗と体液にまみれた体を洗い、パーティルームに戻り、ヒルダが用意した強精作用のあるドリンク剤を服み、軽食をとり、精力の回復に努める。

常連同士、顔を見知っている者は低い声で会話を交わし、そうでないものは黙然として大型モニターに映しだされるレイプ・ビデオを眺める。それは秘密のルートで伯爵が手に入れたもので、実際の犯罪者集団が行なった、さまざまな輪姦が記録されている。

浩之は、他のメンバー同様、マスクは外し、バスローブ姿でソファの一つに腰かけた。快い疲労と達成感が、軽めのアルコールの酔いと共にじんわりと全身にひろがってゆく。

（あのカスミという女、なかなかよかった……。秋奈以外で、ここで犯した女たちの中で最高ではないか）

まだ、今夜初めてビクティムとして参加した女を犯した感動が醒めない。

何より、貴婦人的な雰囲気のせいだろう。気品があり、プライドが高そうな女性だ。そういった、ふだんは得難い女を男たちがよってたかって辱める。VOCのレイプ・セッションのよさはそこにある。

秋奈は少女のように愛らしい容貌と、まだ若妻といってよい、瑞々しくふくよかな肉体が凌辱者たちの昂奮を誘い、伯爵をおおいに満足させているビクティムの一人だ。

カスミは、秋奈とはすべての面で対照的だった。それが今夜のセッションの成功した点だろうと浩之は思った。

実際、ビクティムを取り替えたアタッカーたちは、その部分で狂喜したのではないだろうか。

もちろん浩之も、慣れ親しんだ妻の肌、肉、匂いとはまったく違った肉体を味わうことに非常な昂奮を覚えたことだ。

その肌は抜けるように白く、陶磁器のような透明さが備わっていた。しかもしなやかな肢体にはムダな肉がなく、かといって痩せているわけではない。

乳房は、巨乳愛好の男にはもの足りないだろうが、浩之にとっては、掌ですっぽりくるみこめる、こぶりの椀型の隆起は好ましいものだった。

黒い布で目隠しされていても、彼女の気高さを感じさせる端正な美貌は隠せるものではなかった。唇は薄めでやや大きく、顎がしっかり発達していることでふだんは気が強い性格ではないか、という気がする。

どことなく何不自由なく育った令嬢が、そのまま成長して三十代になった——という感じがする。その知能と才気、美貌があいまって何か、女優あるいはアーティストのような創造的な仕事をしているのではないか、という気がしないでもない。

ともかく、素っ裸に剝いても、気品まで剝ぐことはできない。しかも健康でよく成熟した、力強い筋肉のしなやかな肉体。たぶん、ボディケアにも神経を使っているに違いないと、口を辱めながら浩之は思った。もちろん、男を喜ばせようと必死に舌を使う、その技巧は秋奈に勝るとも劣らない。髪、香料、爪や肌の状態を間近に見ながら、

（この女、間違いなく金がかかっている……）

そう確信した浩之だった。それほど〝ゴージャス〟さを感じさせる肉体だ。

さんざんに口を辱め、睾丸までしゃぶらせて奮い立たせた肉根を、すでに五人の男に貫かれた襞肉の鞘器官に打ちこんだ時、またもや浩之の全身を戦慄が走った。

「おお、う、む……ッ」

思わず感激する声を放ってしまったほどだ。

愛液で満ちた肉壺と呼ぶにふさわしい器官は、驚くべき複雑な動きで、侵略してきた浩之の肉槍を迎撃してきた。

まるで膣の外側から指で刺激してくるかのような、襞粘膜のうねくり、締めつけ。

それが完全に自然な反応であることは、カスミが牝獣と化して、犯されながら、さらに深く強く受け入れようとして自ら腰を突きあげながら、間断なく甲高いよがり声を発していることで分かる。それは獣が矢で射られ、瀕死の苦悶の末にはりあげる断末魔の悲鳴にも似ていた。

ふだんなら、秋奈の体で一度、射精できるかどうか難しいほど勃起障害、射精障害に悩まされてきた浩之は、高貴な肉体を犯しながら再び猛烈に昂ぶり、おめきながら二度目の射精を遂げた。隣のベッドで犯されていた秋奈は、夫の常にない昂奮と猛りを見、聞かされて強い嫉妬を覚えたという。

夫が自分のエロティシズムとは対極にある、どうみても上流社会に属する女に強い欲望を覚え、夢中になっているのは明らかだった。

妻であれば、嫉妬を覚えるのが当然だ。

だが、その自分は夫ではない男たちを受け入れている。強制的とはいえ、それは自分が望んでのことで、その結果、しばらくの間は頭が真っ白になるほどのオルガスムスを、たて続けに味わわされている。

自分も嫉妬されるような状態にいるのだ。

伯爵に言わせれば、この部分こそ、ダブルビクティムのセッションに自分の妻や恋人を参加させる男たちの、最大の快楽源だという。

嫉妬は欲望をさらに燃えたたせる油だ。

カップルがそれぞれ別な相手を犯し、犯されている間に生じる双方の嫉妬。それは油をかけあうようなもので、炎は倍も強く燃えあがる。だからこそスワッピング、オージーなどの乱交プレイは、一度嵌まったら病みつきになるのだ。

そのような昂奮の中で、隣りあったベッドで浩之と秋奈は、それぞれすさまじいオルガスムスを味わい、果てたのだ。

（なんという背徳。なんという倒錯……）

妻とカスミがリフレッシュして再登場するのを待ちながら、初老の夫の心は、どちらかといえば年若い妻よりも初めて接したカスミという貴婦人へと飛んでいた。

それも無理はない。妻はいつでも抱ける。ひょっとしたら、あのカスミという女は、今夜だけしか接することができないかもしれない。ビクティムの常連となるには、彼女は少しばかり世界が違いすぎるような気がする。

（もう一度、あのいい匂いがする、白いしなやかな肉を抱きたいものだ）

頭はそのことでいっぱいになってしまう。

「七十七号、なにをボーッとしている」

突然、隣にどさっと座りこんだ男に肩を叩かれて、浩之はハッと我にかえった。

「ああ、美虐卿……。おっと六号さん」

バスローブに、マスクをまだ着けている男。背広を着せれば恰幅のよい中年紳士だろう。寛いでいる時も目出しマスクをはずさないのは、彼がかなり公的な立場の人物だという証拠だ。ごく少数のセッションの時でない限り、この男はマスクを着けたままでいる。

「いいよ、美虐卿でも。あんたと奥さんとはもう長い付き合いだ」

なれなれしい口調で声をかけてきた男は、いま湯を浴びてきたばかりらしい。黒くゴルフ焼けした頬から首筋には水滴が付着している。よく冷えたビールをぐびぐびと呷り、骨の髄までサディストだと評判の古参メンバーは、満足そうな吐息を洩らし、背もたれによりかかった。彼の年齢はとうに還暦を越えているはずだが、一見したところ五十そこそこにしか見えない。

彼こそ、乱交マニアの中でも有数の輪姦プレイヤーとして、一目置かれている人物だ。もちろん、その正体はVOCの中では伯爵とヒルダぐらいしか知らないだろう。

美虐卿は秋奈を気に入り、彼女が参加するセッションにはよく顔を出す。その関係で、夫婦は親しく口をきく関係だ。

「それはそうと、カスミという人は美虐卿さんが誘ったんですって？」

「おお、そうだよ。どうだい、逸材かね？」

「逸材もなにも、彼女ぐらい素晴らしい女は初めてです。正直言って、それで今、ボーッとしていたんです」

「そうか。それほど満足させられたのなら、おれも彼女を誘った甲斐があるというものだ。これまではおれが個人的に調教していたんだが、輪姦願望が強いんで、おっかなびっくりなのを連れてきた。見てたらかなり感じてたようで、ありゃ、病みつきになるな」

美虐卿は覆面はしているが、その風貌はかなり野性的というか、野獣的な印象が強そうだ。その彼が気品のある貴婦人、カスミを嗜虐欲の対称——調教奴隷として弄《もてあそ》んでいる。

浩之は羨ましいと思った。嫉妬さえ覚えた。

そこが男の不思議なところだ。浩之のような中年になって、秋奈という愛らしくも魅力的な女性を妻にし、自分のかなり背徳的倒錯的な欲望に従わせている男はそうそういないだろう。彼自身も他の男から見れば羨望と嫉妬の対象になり得る。

「そうなって欲しいものですね」

心底からの願望を浩之は口にした。

「何も障害がなければ、セッションには進んで出たいというだろうが……」

そう呟いて美虐卿は口をつぐんだ。それ以上の感想を口にするとまずいと思った、そういう唐突な中断だった。

(障害がなければ……、どういうことだろうか)

浩之は訝《いぶか》しんだが、あれこれ美虐卿に聞くわけにもゆかず、彼もまた沈黙した。

やがてまた上階のドアが開いた。ヒルダのハイヒールの音が響く。一時間の休憩が過ぎて、またあらたな凌辱と虐待の宴に向けて、二人の女たちが連れてこられる。

今回は女たちは、それぞれTバックのショーツ一枚にハイヒールという格好だった。

ショーツの色は、先頭の秋奈が白、後続のカスミが黒だ。素足に履いたハイヒールも色を合わせている。特に肌がきわだって白いカスミには、黒い、透けるようなナイロンの色はよく映える。

「ふむ……」

「うん……」

階下にいて、それぞれ後ろ手錠をかけられた姿のビクティム二人が、おそるおそる階段を降りてくるのを見上げ、迎える男たちは、それぞれに唸り、呟き、彼らが受けた感動を表現してみせた。早くも彼らの昂奮が熱気となって渦巻くようだ。

（なんとまあ、神々しいぐらいのものだ……）

浩之の視線は妻のヌードを越えてカスミのヌードに注がれた。カスミは相変わらず黒い目隠しをしている。

（そうか、障害というのは……）

この女性は、自分が知らないだけで、ひょっとして有名な人物なのかもしれない。たとえ伯爵の厳重な審査があるとはいえ、百人はいるＶＯＣ会員の中にどういう人物がいるか知れたものではない。美虐卿が「障害がなければ」と呟いたのは、彼女が有名人だから、そういうことを指して言おうとしたのではないだろうか。

浩之と秋奈のように無名であれば、顔などさらけ出しても実質的な害など知れたものだが、もし彼女が有名人で、こういう場に顔を出して、しかも楽しんでいるなどと暴露されたら、社会的な生命は絶たれてしまうだろう。

（だとしたら、このカスミという女性は、いったい誰なんだ？）

浩之は、黒い布で目隠しされた美貌を、つい凝視してしまった。

二台のベッドの一台が隅に押しやられ、広間の中央に一台だけが残された。

前半部の輪姦で汗と体液で濡れ汚れたシーツは真新しいものに交換されている。

白いショーツ姿の秋奈は、そのベッドに仰向けに寝かされた。

手首、足首にかけられた縄が、女らしいふくよかな肉体を大の字に、両手両足をぴんと伸ばすようにベッドにくくりつけてしまう。ヒルダとそれを手伝う男たちの動きはきびきびとして、まるで洋上のヨットで帆を操作するクルーのように統制がとれている。それだけ全員が場馴れしているということだ。

カスミのほうは、そのベッドの真横に置かれた椅子に座らされた。後ろ手錠のほかは拘束はない。

秋奈の表情には緊張の色がみられる。そしてカスミの顔には好奇心めいたもの。

妻と視線をからませた浩之は、励ますようにほんの少し頷いた。秋奈はそのジェスチャーを認めたのか、やはり他人には分からないほどの首の動きで応じた。

ヒルダがキャスターのついたワゴンを枕元へ転がしてきた。病院で使うような、医療器具を載せて運ぶためのものだ。その上から、薄い医療用のゴム手袋をとりあげて右手にはめると、ヒルダが言った。

「ではセッションの第二部をはじめます。最初は例によってアキのフィスティング調教を行ないます。前回は私のが無事、入りましたが、一カ月たってどのようになったか、それが問題ですね。また、他の方々のがどこまで入りますやら、みなさまでフィスティング責めをしてやりましょう。こぶし輪姦ですね」

肌も露わなボンデージルックのヒルダが、ベッドをとり囲んでいる男たちを眺め、一番年若に見える、三十代の男に話しかけた。彼もまた目出しマスクをしている。

「九十一号さん、アキのショーツを思いきり濡らさせて、猿ぐつわにしてください」

「いいとも」

嬉しそうにニタニタ笑いをマスクの下で浮かべ、九十一号は前に進み出た。彼はカスミが座らされているのとは反対側に立ち、右手で秋奈のふくよかな肉体を撫でさすり、乳房を揉み、乳首をつまみ、さらにはショーツの上からいやらしく股間を刺激した。

「ああ、あう、うー……、あああ」

九十一号の指は非常に巧みに動いたので、秋奈はたちまちあられもない声を張りあげながら、白いシーツの上で健康的な小麦色の肌をした裸身をうねうねとくねらせた。あたかも見えないペニスを突きこまれたかのようにヒップを揺すり、ついには前後にピストン運動をするような、淫らきわまりない動きを展開しはじめた。

「ふふ、こんなに濡れてきたわ。もう、ぐちょぐちょ。……OK、九十一号。ショーツはひっちゃぶいて口に押し込んで」

楽しそうにベッドに磔《はりつけ》にした女体を嬲り責めて、秋奈がたちまち汗まみれになるほど悶えよがらせた男が、Tバックショーツの脇の一番細いところを摑み、ビリッと引きちぎった。

一毛余さずきれいに剃りあげられ、ツルツルと輝いている恥丘、それにつらなる肉の峡谷が露わになった。秘唇のあわいからはヌラヌラした透明に近い液が溢れている。それはちぎられたショーツの股布をべっとりと濡らし汚していた。

「さあ、口を開けろ」

秋奈は自分自身の子宮から溢れた液で濡れまみれたショーツの残骸を口に押し込まれて声を出せないようにされてしまった。

ヒルダはもうひとつの枕をアキの腰の下へとあてがう。裸身は恥丘を突出させるように、弓なりに反り返った。秘唇がぱっくりと割れて、男たちが犯し尽くした部分をまる見えにする。ただし、見ただけでは愛液を溢れさせているだけで、蹂躙の痕跡は分からない。

「さて、はじめるわよ、フィスティング調教を……。前回はさんざん苦労させられたけど、今度はどうかな？　一カ月たつと元に戻るからねえ」

潤滑用のローションをたっぷりと使い捨てのゴム手袋の上から塗りたくり、愛液をとろとろ吐き出している部分にも瓶の口から直接ふり垂らすようにしてから、魅惑的なボンデージ衣装の美女は、まだ子供を産んだことのない女の器官へ指を突きたてていった。

「うう、うー、む、うぐー……」

女が女を、拳で犯す儀式がはじまった——。まるで病院の病棟で教授の回診につき従う実習中の医師のように、ベッドの周囲に立った男たちは、秋奈の裸身がたちまちねっとりとした脂汗を噴きだし、ぶるぶる震えわなわな震え、ガクガクと四肢を、ヒップをうち震わせる姿を、股間の肉器官を激しく勢いよく勃起させながら凝視するのだった。中にはたまらずにバスローブの裾から手を入れ、分身器官を握り締める者もいる。

「…………」

責められる妻と等分に、椅子に座らせられているカスミの姿を見比べる浩之は、その表情に浮かんだ驚愕、畏怖、嫌悪といった表情から、この女はかつてフィスティング調教を受けたことがないのだと確信した。

その目は大きくみひらかれ、秋奈が苦痛に裸身をよじると、同じように自分も腰をひねり、体をくねらせるのだった。責められる女体に完全に自分も同一化している。

ヒルダの右手が、すっぽりと秋奈の膣に埋めこまれるのに十五分かかった。

膣の一番奥までねじこんだ状態で、さまざまにこぶしを動かし、こねるようにしたり、アッパーカットでも打つかのようなさまざまな動きをしてみせると、秋奈はギャアギャアと泣きわめき、透明な液を大量に、何度も宙高く噴き上げてみせた。
「潮吹きよ。フィスティングされるとGスポットだけでなく、膣の中で感じる部分が全部感じるから、アキはもう天国にいる。ほら」
ヒルダは楽しげに、苦悶する秋奈の性愛器官に突き埋めた手首を動かしてみせるのだった
——。

——秋奈が同じ部屋で自分と並べられて、同じ男たちにかわるがわる犯され、その後、VOCのセッションにはそれきり姿を見せることのなかったカスミを、もう一度見ることが出来たのはまったくの偶然だった。

ある日曜日、秋奈はぼんやりとテレビを観ていた。

チャンネルを変えようとして誤ってリモートコントローラーの違うキーを押したので、ふだんは観ることのない教育番組専門局が映しだされた。

華やかに和服を着た女が、画面に向かって話しかけている。

「これが四十六番、曽根好忠の歌です。由良の門《と》というのはどこか。二つの説がありまして、

ひとつは……」

その声に聞き覚えがあるからチャンネルを変えようという手が止まった。

番組は新古今の時代の短歌を、百人一首の歌から説明してゆくという内容で、どうやらいま人気の女流歌人がその講義をしているところだった。

秋奈の目がいっぱいにみひらかれた。

「えッ、この人、カスミさん……！」

秋奈はハッキリ見た。自分と一緒に六人の男と一人の女に犯され嬲られ、何度となくオルガスムスを味わわされて失神をくりかえしたマゾ性の豊かな美女を。

秋奈は、あの夜の最後のほうでは自分も腰に張形を着けさせられて、後ろからこの女性のアヌスに思いきり突きたてたのだ。その時、彼女の膣を犯していたのは夫の浩之の男根だった。彼女の口には伯爵の男根がねじこまれ、クリトリスはヒルダがひねり潰していた。

「ま、まさか……、カスミさんが……」

秋奈は呆然として、夫を呼ぶことも忘れた。やがて画面に字幕が出て、講師役が関東文科大学文学部の助教授で、女のなまなましい性的なファンタジーを大胆にうたいあげることで有名になった閨秀歌人、外山香澄だと告げた。

彼女の短歌集は数冊出ているが、どれもベストセラーになっているという。

彼女は三カ月前、秋奈の目の前でヒルダのフィスティング調教を受け、ビールの缶を受け入れて尿をまきちらしながら悶絶した。

彼女が輪姦パーティに目隠しを必要とした理由がようやく分かった。秋奈は液晶画面の向こうに声をかけずにはいられなかった。

「まったく違う世界の人なのに、私たち、あの夜だけすれ違ったのね。この世ならぬ快楽を味わう部屋で……。もうあなたは満足したのかしら？　それとも……？」

第九章　女助教授の愛奴志願

「沙樹夫《さきお》くんは、ゲイじゃなかったのね」

姉の香澄がそう言ったので、低い応接テーブルにさし向かいでビールを飲んでいた弟の沙樹夫は、眉を上げるようにして姉を見た。

香澄は風呂あがりで寝巻用でもある浴衣《ゆかた》に着替えている。彼女の化粧を落とした素顔は艶もよく、張りがあって若々しい。

二人がいるのは青山の沙樹夫の住居。

もともとは父親が建てた家で、二人ともここで生まれ育った。

青山墓地の近くで、百五十坪の敷地に建坪三十坪の二階建て洋館が建つ。築後四十年を迎えるが、しっかりした建築なので、あと三十年や四十年は大丈夫だと建築家が太鼓判を押してくれた、重厚な趣のある建物だ。

今日は昨年亡くなった母親の一周忌で、法要や直会《なおらい》の儀式をすべて終え、暗くなってきた頃には訪問した親戚もみんな帰宅し、二人きりになった。

夜の食事は出前で簡単にすませることにし、どちらも儀式用の服を脱ぎ捨て、まず香澄が湯を浴びた。次に沙樹夫が入浴し、彼のほうはパジャマに着替えた。きょうだいの間柄だ、たがいに寝巻姿になることに遠慮はない。

ビールを飲みながら出前の鮨が届くのを待っているところで、そろそろ姉のほうから〝話〟を持ちだすのではないか、と沙樹夫が待ちかまえる気持になっていたところだった。

(はたしてこれが「話がある」と言っていた、その〝話〟のことなのだろうか)

そう疑いつつ、沙樹夫は言葉を口にした。

「いったい、何を言い出すの、姉さん」

「つまり、きみがホモセクシャルじゃないということが確信できたということ。正直なところ、私はその可能性を疑っていたのよ」

姉より二つ年下、三十歳の弟は苦笑するしかない。

「それは、ぼくが女性に興味を示さなかったから？　ひどいな。ぼくは男性に興味を示したことだってなかった」

「そうは言うけれど、ママと私はしょっちゅう、きみがゲイかゲイでないかを話しあってきたのよ。まあ私はきみがゲイでもちっとも構わないけれど、ママにしてみれば、孫の顔が見られるかどうかの問題がかかっていたわけですからね」

「ひどいな。ぼくがどうしてゲイだと疑われたんだろう。それは、表立って女の子と交際はしなかったけれど、三十ぐらいまで独身でとおすヘテロの男は多いよ」

「でも、よほどのことがないかぎり、女性についてのことは現われるものよ。きみはそういう噂さえも、絶えてなかったから」

「逢ふことの絶えてしなくはなかなかに……。これは誰だっけ」

「人をも身をも恨みざらまし。四十四番　中納言朝忠、つまり藤原朝忠ね」

「凄いね、姉さんは百人一首を全部覚えてる」

「ちっとも凄くないわよ。百人一首ぐらいでは。万葉集だろうが古今、新古今だろうが、全首覚えてなければ大学で和歌を教える資格はありません」

「そうなのか。人間技とは思えないがな……。ところで何だっけ、ああ、女性の噂ね。それは……表に出さなかっただけのことで。それより、どうしてヘテロセクシャルだと確信できたの？」

「それは、きみのもう一つの名前を知ったから。悟拳王子という……」

その言葉を耳にして、一瞬、端正で気品のある顔立ちがこわばった。

「驚いた？」

香澄の表情はケロリとして邪気はない。もともと思ったことはズバリ口にする性格なのだ。

「私は、ずっときみがゲイだと疑っていた。女には興味がないように見えたから。でも、こないだ悟拳王子という人物がインタビューされてる雑誌を見たのよ。沙樹夫くんだとすぐ分かった」

ビールのグラスごしに姉をまじまじと見つめた弟が訊いた。その口調にも表情にも動揺の色はない。彼は幼い頃から自分の感情をあからさまに表出させない性格に育っていた。

「『SMプレディター』を見たの?」

その雑誌は特殊な趣味の人間——とりわけサディストやマゾヒストに向けられたものだ。姉の香澄がそういったジャンルに関心があるとは思ってもみなかった。すばやく動揺した心を鎮めながら言う。

「よっぽど、何かの間違いで目にとまったんだね。まさか姉さんがあんな類いの雑誌を覗き見ることがあるとは思わなかった……」

弟の言葉に、姉は首を横に振ってみせた。

「間違いではないのよ。私は、つまり意図してそういう雑誌から、ある情報を探していたの。そういう雑誌がいっぱい置かれている図書館にいって」

「ほう……」

ふつうならもっと驚くべきなのだろうが、二歳年上の姉が、しっかりと落ち着いた態度で言葉を口にしているので、沙樹夫も動揺せずに対応できた。少なくとも今のところ、雑誌の中で紹介されているもう一人の自分について、批判や非難する態度を見せていない。

「そのことで、きみに相談があったの」

沙樹夫は「やはり」という思いをこめて頷いた。姉のグラスに缶ビールを注ぐ。

「聞きましょう」

——香澄と沙樹夫は二人きょうだいだ。父親は国立文化大の名誉教授、外山源太郎。日本中世史の権威だった彼は、一昨年、心筋梗塞の発作で急死した。享年六十九。

母親は歴史文学の作家として大衆的な人気を誇った外山桜子。夫の後を追うように、去年、急性の脳梗塞で倒れ、不帰の人となった。享年六十二。

きょうだいが生まれ育ったこの家——都心の青山にある一戸建ての豪邸は、かくて沙樹夫の住まいになった。

姉の香澄は東京郊外の夢見山市にある関東文教大に進学して国文学を学んだ。

卒業すると研究室に助手として残り、やがて助教授になった。もう数年すれば教授の座は間違いないだろう。大学時代もキャンパスの近くにマンションを借りていたが、大学を卒業すると、やはり夢見山にマンションを購入してもらい、そちらに住み暮らしている。

青山のこの家はそっくり沙樹夫が相続したわけではない。書類上は香澄と等分に分割相続がなされている。いずれは建て替えるなり売却することを考えなければいけないが、その時まで現状のまま沙樹夫が維持管理するという約束になっている。

ふつうは固定資産税だけでも大変なのだが、幸い、父親は中世史に関する多くの研究書を、母親は歴史小説を数多く刊行した。

それらは今でも売れ続けている。やはり桜子の作品のほうが著作権継承者である姉弟に高額な印税収入をもたらしてくれるが、父親の研究書も、単価が高額なだけにバカにならない額で売れ続けている。そのおかげで都心の一等地に屋敷を構え続けられる。でなければとっくに不動産会社が買い取り、マンションにでもされているところだ。

沙樹夫は、両親や姉のような学問の道には興味はなく、大学は商科に進み、卒業してからは外資系の証券会社に就職した。

それがいつのまにか仲間同士で資金を出しあって、経営コンサルタントの会社を経営するようになった。驚いたことにそれが図にあたり、いまは急成長している。

親の遺産がなくても充分にやってゆける収入を確保した青年実業家なのだ。

オフィスを赤坂においたこともあり、青山の家は何かと便利なので、彼は両親の死後もずっとこの屋敷にいるのだ。身の回りのことは家政婦を頼んでいる。ポルシェを乗り回し優雅な独身暮らしをエンジョイしているように姉には見える。

部屋数は充分にある。この家には彼女が娘時代を過ごした部屋が、まだ残っているから、泊まるのに不自由することはまったくない。沙樹夫は姉がやってくることに何ら異存はない。今度の亡母の一周忌法要にも香澄は二日前にやってきた。

沙樹夫としては姉が何日、泊まってゆこうがかまわない。彼女とは父母の面倒をみる間も良好な関係を保ってきて、葛藤というものも存在していない。

ただ、「法事の後、話したいことがある」と言ってきた時、その目的が計りかねた。

(何か問題を抱えているのだろうか)

しかし、子供時代から男たちを支配下においてわがまま放題にふるまい、学生時代から現代女流短歌の旗手としてマスコミなどからもてはやされてきた姉だ。強い意志と決断力を持ち、学問の世界でも成功している。このままゆけば教授になれる位置にあるのだ。

(結婚する、とか)

結婚すれば、遺産の相続のほうをキチンとする必要が生じるかもしれない。たとえば、不動産の自分のぶんを現金でもらいたいとか。

だが、姉は家を出てこのかた、自分のことはすべて自分で処理してきた。両親でさえ、娘の進路について相談を受けたことがない。結婚について弟に相談する何かがあるとは思えない。

（ひょっとしたら、このおれのほうの問題かな？）

そう思わないこともなかった。三十を過ぎるまで弟が女性への興味さえ示していなかったことを、気にしているのかもしれない。

だから、ゲイではないかと疑ってきたことから、姉の話がはじまったことは意外でもなかった。問題は、なぜ沙樹夫のことが出ているSM雑誌――それもマニア向けの、一般書店ではなかなか見ることのできない雑誌――に目を留めたのかだ。

サングラスをかけているにしろ、顔をそこまで露出することには、沙樹夫も取材の依頼を受けた時は躊躇したものだが、ごく限られた層にしか購読されない媒体だからこそ、思いきってOKした。

そういう雑誌を、よりにもよって、一番身近な肉親である姉が目に留めてしまうとは……。

（人生というものは分からないもんだ）

後悔するよりも、そういう偶然に驚き面白がっている沙樹夫だった。

姉は弟の胸中など知らぬ顔で言葉を続ける。

「だけど驚いた。これまでゲイかもしれないと思っていたきみが、雑誌の中では〝M女調教のベテラン〟と称して、マゾヒストの女たちを調教してきた体験を語っているんだから……。これまで調教した女たちの写真を掲載しているのを見て、私もしばらくの間、ボーッとしていたわ」

そういう香澄は、フェミニズム運動のほうにもかかわっていて、全国的な組織に加わってかなり闘士的な活動もしている。髪は短めにカットして、化粧も薄く、過剰に女らしく装うことやふるまうことは娘時代から少なかった。美貌ではあるが知的で、中性的な印象の強い彼女のことを、レズビアン傾向の持ち主ではないかと疑うかもしれない。

そんな姉が見せた意表をつく態度に、弟は弟で、ある種の困惑を覚えないわけにはゆかなかった。

「まだ疑問に答えていないよ。姉さんがどうしてそんな雑誌まで見て、情報を探していたのかということを。フェミニズムの活動に関係があることなの？　たとえば女性蔑視だとか虐待ということで」

弟の質問に「あはは」と大口で笑って否定した姉は、少し真顔になって答えた。

「まさか、そんなこと考えるわけがないでしょ。私たちが取り組んでいるのは、たとえば家庭内暴力だったり子供たちの性的虐待だったりするけれど、成人の男女が自発的な意志で出会い、楽しむSMプレイ、調教プレイのようなものはまったく対象外。そういうことで情報を検索していたのではなくて、まったく私自身の興味。そういうことに関心があったから」

沙樹夫はまた、眉を持ち上げた。それは姉と違って冗舌的ではない弟の、幼児時代からの癖である。

「ということは、姉さん自身、ＳＭ的なことに興味があるということ？　調教とかそういうことに？」

「そう、そのとおりよ」

あっけらかんとして答えてはいるが、白い頬に赤みがさしているのを沙樹夫は見逃さなかった。組んだ素足を必要以上にブラブラさせている。心理的な動揺を隠している。

「では、姉さんはＳなの、Ｍなの？」

ひと呼吸おいてから、決然として大学の助教授であり女流歌人である美女は、キッパリと言ってのけた。

「たぶんきみは『見かけによらない』って言うかもしれないけれど、私はＭなの。マゾヒスト」

沙樹夫は聞こえないほどの微かな吐息をついた。

「ふむ……、見かけは関係ないよ。職業的な、典型的な女王さまタイプがマゾだったというのは珍しくない。ただ、驚かないわけにはゆかない。姉さんは子供の頃から活発で、男の子たちをやりこめるような性格だった」

「それは偏見。男性のマゾヒストの多くは社会的なリーダーだったりする。あの人だってそうだったでしょう」

香澄は、いまは故人となっている、日本を代表する有数の企業のトップだった人物の名を挙げた。

「よく知っているね。それを知ってる人は多くないよ」

「いろいろな人と付き合ったから。そのおかげでSMについての情報はたっぷり仕入れたわ」

「いろんな雑誌を調べまくった理由は？」

「ひとつしかないでしょう？　私を調教してくれるサディストを探すため」

「む……」

「何よ、どうして唸るの」

「いや、それは……やっぱり意外だから。姉さんがマゾだということだけでも驚きなのに、調教師に調教されたいと願うなんて……。それがぼくに相談したい核心なの？」

「ええ、そうよ。きみの記事を見つけたのは一週間前。ママの法事で青山に帰るのだからちょうどいいや、と思って」

「ぼくの載っていた記事を見て、どんな感想を抱いたか、聞かせてもらえる？」

「もちろん驚いたわよ。それからゲイではないことが分かって安心した。これまで結婚しなかった理由もやっと分かった。ああやって女性たちを調教することが生き甲斐になってしまったら、ふつうの結婚は出来ないもの。どうしたって調教活動は制約されてしまう」

姉の率直さに影響されて、弟のもの言いも単刀直入なものになってゆく。

「まあ、いい相手がいたら結婚するつもりではいたのだけど、ほとんどが人妻だったし、結婚するには問題を抱えすぎてるような人が多かった。マゾの女性を伴侶にして添い遂げるというのが可能なのかどうか、分からない。ノーマルな女性と結婚して、彼女が知らないところで活動したほうがいいのかな」

香澄は面白そうな表情を見せた。

「きみにはきみで悩みがあるのね」

沙樹夫は苦笑し、姉に向かって告白した。

「悩みは、自分がサディストだと分かった時からある。自分だけがどうしてこんな奇妙な欲望と衝動の虜《とりこ》になってしまったのか。ふつうのセックスでどうして満足できないのか。女性の悲鳴や泣き声や苦悶の声を聞くと、悶え苦しむ姿を見ると、どうして激しく昂奮するのか……。何より苦しんだのは、その欲望をどうやって満たしたらいいのか、そのことだった」

「それは、インタビュー記事にも書かれていたわね。最初はテレクラが、やがては雑誌の広告がその問題を解決してくれた……と」

「そのとおり。それまではSMクラブに行ってたのだけど、SM専門のテレクラでかなりの数のマゾ女性と知りあえた。それから雑誌に広告を出すことによってさらに大勢のマゾ女性たちが申し込んできた」

沙樹夫が言う雑誌広告とは、『SMプレデイター』など数誌に掲載している、三行広告に近いものである。悟拳王子の名義で『フィスティング調教承ります』というそっけない文章で、電話番号を載せてマゾ女性に呼びかけるものだ。

申し込んで料金をとられるわけではない。遠距離にいる場合は、沙樹夫のほうで出張してくれる。毎号、広告を掲載することで、読者にも信頼感がわく。『SMプレディター』の編集部が悟拳王子なる人物に興味を抱き、取材を申し込んできたのも、この広告が五年も打たれ続けていたからだ。

「ぼくは時間が自由になり、収入にも余裕がある、独身のビジネスマンだった。求められれば関西方面にだって行ったし、北海道からやってきてくれたマゾの女性もいた。あのインタビュー記事に書いてあることはウソじゃない。五年前に広告を打ちはじめてから二年めで、ぼくは二百人以上のマゾ女性と出会った」

「すごい数だわ。信じられない」

「いや、数にはなんの意味もないとやがて分かってきた。最初は一度きりのプレイで満足していたけれど、やがて調教という技術に興味を抱くようになったから」

姉の目が輝いた。少しばかり上気した姉の、自分に似て鼻筋のとおった端正な容貌を、弟は美しいと思った。

「きみの言う調教とは、フィスティングね？」

「うん、フィスティングにこだわるのはそれなりに理由があるんだけど、その欲望を満足させるためには、長期にわたって調教に応じられる女性が必要だ。だから三年前から、フィスティング調教に絞って、それに応じられるマゾ女性だけを求めてきた。最初はそんなにいないだろうと思ったけれど、雑誌の広告で成果を公表してゆくにつれ、応募者は絶えることがない。いまでは半数以上を断っている。これまで調教を完遂した相手は三十人を越える」

「いまは何人を調教しているの？」

「延べで十人ぐらいかな。一カ月に一度の人もいれば、週に二回という人もいる。それ以外に時々、メンテナンスを求めてくる人もいるからけっこう忙しい」

「メンテナンス？」

「ああ、間を置くと拡張性が失われるから、再調教が必要になるのさ」

「なるほど……」

香澄は考えこむ顔になって、頬杖をつく両手で顔の下半分を包みこむようにした。今度は弟が訊く番だった。

「で、姉さんはいったいどうして自分がマゾだと気がついたの？」

「うん。私は女のガキ大将だったけれど、それでも無理やり誰か――多くは男の子に悪さをされる、という状況で何か感じるものがあったのは、それはもう幼稚園時代からのこと。それがハッキリ自分に分かったのは大学時代で、クラスメートたちに輪姦されたことで」

さすがに沙樹夫も驚いて問い返した。

「ええッ、輪姦？　姉さんが？　クラスメートに？」

「そうなの」

「どうしてまた姉さんが……」

「その時の男の子たちは、体育会系の男性優位主義のかたまりみたいな子ばっかりだった。まるで女のことが分かってない連中だとなめてかかって、かなり挑発的なことを言ってコテンパンに論破してやったものだから、彼ら頭に来たのね。三人がしめし合わせて私をベロベロに酔わせて、彼らの一人のアパートに連れこんだのよ。そして三人がかりで私を押さえつけてはかわるがわるにレイプしたの」

「それはひどい……」

沙樹夫は唸るしかなかった。

「三人にとりあえず犯されてから、真っ裸にされて縛られて、今度はそれこそ好きなようにオモチャにされた。私がイクまで、徹底的に辱めてくれたわ」

「ひでえやつらだな」

そう言いながら、沙樹夫は強い欲望が生じて股間が熱を帯びるのを自覚した。どうしたって姉が輪姦される場面が脳裏をかすめる。

「まあ、彼らも酔って正気を失なっていたのね。私のほうは酒の酔いは覚めたけど、今度は辱められる快感が湧いてきて、めちゃくちゃ感じてきたの」

「ああ、そうだったのか」

沙樹夫は、これまでいろんな女たちから似たような話を聞かされた。レイプで感じるのはウソだということになっているが、感じる女は実際にいる。その多くは強度のマゾ性の持ち主である。

「二日二晩責められて、三日めの朝までオモチャにされて、私もグロッキーだったけど、彼らもクタクタになって眠ってしまった。縛っていた縄が緩かったので、私、こっそり縄抜けして、その部屋を逃げだしたの。彼らが私の姿を撮ったカメラとか、証拠のものを持ち逃げしてね……」

「ふつうなら、そこで警察に駆けこむものだけれど。姉さんがそうしなかったのが不思議だ。

いや、警察など関与しなくても、そいつらが眠ってたのなら、姉さんはやつらを殺してても不思議はない」

姉はおかしそうな顔で弟を見つめた。湯あがりにほんのりと薄化粧した姉の、そういった顔を初めて見たような気がした。妖艶な微笑。弟は少し狼狽した。彼は勃起を自覚したのだ。

「さすがの私もね、混乱していたのよ。正直言うと、私はね、チャンスがなくて、その時までバージンだったの」

「なるほど」

「きみ、あまり驚いてないね？」

「そうじゃないか、と思っていた」

「つまり、女の匂いがしなかった？　思春期の少年は姉貴の匂いを嗅いでも昂奮しなかった？」

「まさか、そんなことはない。でも男の匂いがしなかった、というべきかな」

「なるほどね……」

実際、高校までは女子校だったこともあり、香澄はいつも少女たちに取り巻かれていた。宝塚の男役のようなものだ。

「それで、どうしたの。姉さんを輪姦したクラスメートというのは？」

「ああ、そうか……。実はね、私が混乱したのは、処女を破られてガンガン輪姦されたというのに、すごく感じてしまったのよ。あり得ないことが起こってしまった。そんなバカなはずはない、と思ってたから、ポルノ小説の描写なんか思いきりバカにしてたのが、自分がそんなふうになってしまって、逃げ帰ってからしばらく考えて、どんなふうにされて、自分がどうなったかを思い出してるうち、どういうわけかもの凄く昂奮して、オナニーしてしまった。そうしたらそれがまたすごく感じて、爆発また爆発。しばらく失神したみたいになって……」

「そいつはすごい。体はもう準備が出来ていたところに輪姦されてしまった」

「で、私も考えてしまって……。彼らは私を感じさせまくれば、私が彼らの奴隷になるんじゃないか、少なくとも訴えたりしないんじゃないか、という計算で私をレイプしたのだけど、しゃくにさわるけど、まったく彼らの術中にはまったわけよね」

「それは悪賢い連中だね。そういう計算したというのは……」

「一人、SMで経験積んだやつがいて、そいつがリーダーだったのよ。他の二人もそれぞれにサディストで、まあ、そういう組みあわせで連合軍組んでかかってきたのね」

「それで、どうしたの」

「戻ったの」

「彼らのところに？」

「うん。ただ、私も一方的にやられっぱなしのマゾ奴隷にはなる気はなかったから、まず契約をしようと持ちかけたの」

「ほほう、姉さんらしいや」

「でないと、私も安心できないじゃないの。まず、大学の講義やゼミとはまったく切り離して、キャンパスの中ではそういうことは一切しない。学校の外でやるという契約を交わしたの。期限も、卒業までの一年半と切って。ほかにもいろいろと約束させたわ。妊娠させたらダメとか」

「へえ、奴隷契約を交わして……。そうか、大学時代に調教されてマゾ奴隷にされてたんだ……」

「いやねえ、何を感心しているの？」

「ぼくが何してる頃だったのかな、と思って」

「えーと、きみは私より二コ下だから、大学に入った年じゃない？」

「そうだね。ということは十二年前か……。で、卒業まで彼らの奴隷だったわけ？」

「彼らは契約を忠実に守ったわよ。というのも、私は、契約を破ったら、徹底的に報復すると脅かしていたから」

「奴隷がご主人さまのほうを脅かすというのも、あまり聞いたことはないね」

「そこが私の私らしいところなのね。その間、私は彼らによってマゾ性を徹底的に開発され尽くした。まあ、彼らのは調教とも言えない衝動的なものばかりだったけど、ともかく私の体に精液を注ぐのに忙しかった。若いから、みんなひと晩に四回は射精したわね」

香澄の顔に過去を懐かしむ表情が浮かんでいた。

「驚いたな。絵に描いたような才媛だった姉さんが、その頃から淫乱なマゾ女だったとは……。ときどき帰ってきた姉さんからはそんな雰囲気はまったく感じられなかった」

「当然よ。私は自分の二面性に気がついて、マゾの部分は周囲に徹底的に隠すことにしたから。自分でも驚いている部分はあったし。三人の男の子たちは、卒業以来、契約終了と同時に、二度と私に近づいてこない」

「それ以降はどうしたの」

「あとはゼロ。まじめな院生になって、平安朝文学の研究者になり、フェミニズム運動の活動家にもなった。自分のマゾヒズムについては、ときどき空想するだけで、実際に誰かと何かをしたというのは、たまにテレクラに電話して三人か四人ぐらい」

「やっぱりテレクラか……。ところで恋人はいなかったの」

姉は少し口ごもって苦笑してみせた。

「まあ、いたことはいたけれど、ＳＭの相手を頼めるようなのはいなくてねえ。ほら、私がふだんはバリバリの女王さまタイプだから、寄ってくるのはＭっ気の強い子が多くて」

「それは分かる」

「そのうち、私の名前が歌のほうでどんどん有名になっちゃって、マスコミに顔が出ることも増えたでしょう。それも気になって、あまりテレクラも使えず、悶々ということが多かったわね。仕方ないから、自分の部屋で自縛してオナニーに耽ったりしたわよ。恥を忍んで打ち明けると」

「自縛か……。もったいない。姉さんみたいないい女が相手がいなくてひとり悶々としてたとは……。それでぼくの雑誌を見たというのは？」

「実は理事長なの」

「え、大学の？　文科大の？」

「そう。先代の理事長の息子なんだけど、弁護士だったのに親のあとを継いで理事長になったの。その前から私に興味をもっていたんだけど、自分たちで歌会《うたかい》やるから、指導してくれという口実で、接近してきたの。まあ野獣的な外見なんだけど、中身もすごい野獣。サディストでも、特にレイプが好きなの」

「そういうのが大学の理事長をやってるとは、教育者の風上にも置けないね……」

「まあ、どこもそんなものです。その彼がある日、歌会で、彼が私の手首とか二の腕に縄の跡があるのを見て、ピンときたわけ」

「ああ、自縛プレイをして、その跡が残っていたんだ」

「香澄、一生の不覚だったわ。まあ、そのおかげでけっこう満足させてくれるサディストに出会えたわけだけど」

「じゃ、理事長のマゾ奴隷に？」

「そう。歌会のあとに送ってくれると言われて、彼のジャガーに乗せられたら、まっすぐラブホテルに連れ込まれて、いやがるのをむりやり……。まあ、抵抗してるうちにびしょびしょになってしまうんだから、いやがるも何もなかった。そしてレイプ同然に奪われてしまった。そうしたらすごく感じてしまって、犯されながら失神するほどのエクスタシーを味わってしまった」

「はあー……」

弟はもう、憑《つ》かれたような目と顔で話す姉の気迫に呑まれてしまっていた。

「その時に、失神から覚めて思った。自分の体にこれだけ快感を味わう能力があるのなら、それを眠らせたまま、使わないままで死ぬ手はない、って」

「それは分かる。高性能のスポーツカーなのに、法定速度を守って走らせて終わる、というようなものだからね」

「そのとおりよ。だから、私というスポーツカーを走らせてくれるドイラバーがいたら操縦してもらおうと思って、とりあえずは理事長のマゾ奴隷になったの」

「でも、満足できなかった」

「微妙に私の好みと違うのね。彼はサディストの世界では美虐卿という名前で、それなりに知られたサディストだった。ただ、女をめちゃめちゃにするのに徹して、その後のことはどうでもいいという感じ。それだと、どうも空《むな》しいのね。使い捨てられたような気がして。惨めなのよ」

弟は頷いた。これまで何百人というマゾヒストの女たちと会い、彼女たちの話を聞いてきたのだ。

「よく分かるよ。サディスト、特に暴力系は、M女の心理ケアには無神経だからね」

「それでも自分はどういうマスターを求めているのか、まだ分からなくて、いろいろ体験しているうちに、VOCというグループの輪姦セッションというのに参加させられた」

沙樹夫がまた眉を釣り上げてみせた。

「あそこに参加したの。暴力系だけど、良心的ですよ、あそこは」

「うん。けっこう楽しめた。あそこにヒルダという女性がいて、参加する女性をフィスティングで調教するの」

「その世界では有名だね、ヒルダは。伯爵のよきパートナーだ」

姉は感心したように弟を眺めた。

「さすが、詳しいのね」

「SM実践者の世界は、広いようでけっこう狭い。誰かと会うと必ず誰かとつながって、結局は環ができてしまう。それで？」

「これだ、と思ったの。私が求めているのは」

「フィスティング調教？」

「そう」

沙樹夫は顎を撫でた。

「どうしてまた……」

「秩序があって、目標があって……。単なるレイプとか輪姦とかじゃなくて、私が求めていたのは、何かもっとストイックな、二人が向かいあってギリギリと限界までを究めてゆく、そういう調教なんだと、だんだん分かってきたのよ」

「なるほど」

「だけどヒルダさんは女性だから、私は女性に調教される気はなかった。その方向で調教師のような人がいないかと、それでいろいろ探してみた。SM雑誌を集めた図書館みたいなところがあって、そこまで行っていろいろ調べているうちに、『SMプレデイター』の例の記事に目がとまった。フィスティング調教に情熱を燃やす、若き調教師、悟拳王子――というインタビュー記事」

沙樹夫はそこで納得がいったように頷いた。

「なるほど、分かった。つまり、そのことで相談したかったわけか。もちろん、ぼくはそれなりに情報を交換しあう人脈というのがある。特にフィスティング調教は仲間が多い。姉さんの調教願望を満たしてくれるような、ご主人さまの資格を満たす人物を見つけてあげるよ。できれば東京近辺のほうがいいんでしょう？」

香澄は弟の言葉に、やおら居ずまいを正すように背を伸ばすと、薄い微笑を浮かべて言った。

「それは、ありがたいんだけど、私は私なりにもう有力なご主人さま候補は見つけてあるの。あとはその人がウンと言ってくれればいい」

「なんだ。そうなのか。だったら……」

「誤解しないで、その候補者はきみなの」

「えッ」

これまでの姉との会話で、一番強烈な衝撃が沙樹夫を揺さぶった。

「姉さん。まさか……、冗談だろう？」

微笑は浮かんでいるが、目は真剣だ。

「冗談ではありません。あの雑誌を熟読して、私が求めているのはきみ——あなたのようなご主人さま、ベテランの調教師だと確信したの。あなたの技術も方法論も、私の望んでいるものだし」

香澄は弟を呼ぶときの「きみ」という言い方を「あなた」に変えた。沙樹夫はまだ彼女の真意を計りかねた。

「ちょっと待ってくれよ、姉さん……。調教というのはままごとと違う。インタビューでも答えたけれど、ぼくがやろうとしているのは一人の女性を心身ともに支配し、奴隷とされてもなお歓びを味わえる完璧なマゾヒストに改造する、言い換えれば洗脳する作業だ。遊び半分でやる、いわゆる調教プレイではないから危険だって伴う。時には堪え難い苦痛も味わう。出血だって当たり前というぐらいのハードなプレイなんだよ。ＳＭマニアが楽しむ前戯的な楽しみが最終目的ではない」

「それはハッキリと理解しています」

その熱意にたじたじとなりながら、沙樹夫は姉が忘れているかもしれないことを指摘してみた。

「言っておくけれど、調教というのは、姉さんがぼくの前に全裸になって身も心もすべてをさらけ出すということだ。ぼくは調教志願者であれば、誰であれ責めることによって昂奮する。すべてのM女はぼくの欲望を受けとめる肉の奴隷だ。姉さんだからといって特別扱いはできない」

沙樹夫が期待していたのと違う反応がかえってきた。大輪の花が開くような笑みがこぼれたからだ。

「よく言ってくれたわ。あなたの『特別扱いしない』という、その言葉に感激よ！　もちろん私は、これまであなたに調教されたM女と同様に扱って欲しい」

「だって、姉さん、それはつまり、ぼくが最終的に姉さんを愛奴にし、弄び辱めることでもあるんだよ……。それがぼくの快楽の源泉なのだから」

香澄はいとも軽々と弟の懸念と危惧をはねのけた。

「インタビューの中で、自分は背徳と倒錯の性を生きる、って宣言していたのは誰？　実の姉だから奴隷にできないなんて、いわれのない近親相姦タブーに縛られるあなたじゃないと思ってた。子供を産むわけじゃないんだから私があなたに何をされたって、なんの問題もないと思うけれど」

「………」

もはや香澄の決意、その真剣さを疑う余地はなかった。

第十章　絶叫のフィスト責め

　しばらく考えこんでいた沙樹夫は、ようやく頷いてみせた。

「分かった。それほどに言うのなら……。ではぼくがこれまでの志願者に対したのと同じ審査を、これから姉さんに対して行なおう。審査のことは分かってるね？」

　香澄の目が輝いた。

「ええ、知ってます。あなたの愛奴として仕えるに足る魅力があるかどうか、それが最低の条件なのでしょう？　次が肉体の素質。フィスティングの調教に耐えられる体なのかどうか。ともあれ志願者として受け入れてくれて嬉しい。どうぞ私を審査してください」

　安堵の笑みを浮かべた姉に、沙樹夫は厳しい顔と声になって命令した。

「いまからぼくは調教師で姉さんは調教志願者だ。では、まず、着てるものを全部脱いで、真っ裸になるんだ」

「……はい」

なんのためらいもなく、しかし、いくぶんしおらしい態度になって三十二歳の女は椅子から立ち上がると、二歳年下の弟の前で浴衣の帯を解き、浴衣を脱いだ。

その下は黒いスリップだったが、それも肩紐をはずすとスルリと足元へと滑り落とした。

ブラジャーは着けておらず、スリップとセットになった、Yフロント、フルバックのショーツ一枚が肌を覆うすべてだ。

子供を産んでいないせいもあって、ムダな肉のない引き締まった肉体だった。乳房はもともとさほど豊かではないのが幸いして、わずかに垂れる程度。乳首は濃いバラ色を呈している。

「贅肉が少しもない。いい体してる。それは認める」

沙樹夫は賛嘆する声を洩らし、姉の裸身を観察した。

「家の近くのプールで一日置きに千メートル泳いでいますから」

「なるほど。じゃあパンティも脱いで」

「はい」

さすがに羞恥を覚えたのか、沙樹夫の視線をかわすようにして体を横向きにして黒いショーツをスルリと脱ぎ、爪先から引き抜いた。一糸纏わぬ裸身が、さすがに下腹部に両手をあてて直立の姿勢をとった。

「サイズは？」

「八十五、六十、八十七。身長は百六十五、体重は四十九キロです」

尻はまるく、それなりにたるみもあるのだが、脂肪がほどよくのって醜さは少しも感じられない。白いなめらかなヒップに、もちろん妊娠線の痕跡はない。

「ふむ、手をどけて」

「…………」

沙樹夫の眉がまた上がった。下腹部の秘丘を覆っているべき黒い秘毛がない。

「剃ってるのか」

「フィスティングを受けるのなら不可欠なことですから、さっき剃ってしまいました」

秘部の完全剃毛は沙樹夫が調教志願者に要求する最初のことだ。香澄はもう覚悟しきっている。

「だったら審査しやすい。そのまま座って、テーブルに足をのせて、股を開きなさい」

「はい、ご主人さま……」

だんだん香澄の声がうわずって、かすれたようになってゆく。

全裸になった香澄はソファに浅く腰かけるようにして股を開き、応接用の低いテーブルの上にすんなりとした両足をのせた。足指の爪は、サーモンピンクにきれいにペディキュアされている。それが意外だった。

「まず、おま×こを広げて見せなさい。フィスティングが可能かどうかを見る」

「はい……」

弟の目に女の最も秘密にしている部分をさらけ出すのだ。さすがに香澄も強い羞恥を覚えたに違いない。か細くなった声が震え、青い静脈が透けてみえる、きめの細かい白い肌がピンク色を呈した。

おずおずと両手の指が下腹部に伸び、ふっくらとした大陰唇に挟まれて、まるで羽を閉じた蝶が止まっているかのような肉の突出部に触れた。

セピア色した、一対の肉の翅が左右に広げられた。

「あ……」

香澄の喉から声にならない息が洩れた。赤らめた頬が沙樹夫の直視を避けるように背けられる。

「目をそらさないで。まっすぐぼくを見るんだ。もっと広げて。そうだ」

姉と正対した肘掛け椅子に深くもたれかかった沙樹夫は、片手で顎を撫でるようにして女体の神聖な、同時に卑猥な亀裂の部分をじっくりと眺めた。やがて薄めたミルクのような液が膣口から溢れて会陰部を濡らした。香澄は見られることで激しく昂奮している。

「すごいね、マゾ性は豊かだ。それだけのマゾだったら調教はラクかもしれない」

大股開きで粘膜の底までを指で露出するポーズを保つように命じ、沙樹夫は立ち上がりテーブルを回って姉の傍へと行った。上気した肌から香料の匂いと共に熟れた女体の芳香が立ちのぼり、彼の鼻腔を刺激した。

「ここを触って」

姉にパジャマの上から自分の股間に触れるよう命じた。見ただけでも隆起は顕著で、香澄の掌は布ごしに弟の膨張してゆくものの熱を感じた。

「熱い。硬い……」

「魅力という点では合格ということ。次はおま×この素質だ。待ってるんだ」

沙樹夫は一度、居間を出てゆき、しばらくしてから幾つかのものを手に戻ってきた。

潤滑用ローションの入ったプラスチックの小瓶、麻縄の束、極大タイプのバイブレーター。

「まず、自分でこいつを入れるんだ」

手渡されたおどろおどろしい形のバイブを香澄は信じられない思いで見つめた。直径は五センチはありそうだ。

「ローションなしでこいつが入らないようだとフィスティングは無理だ」

そう言われて、ようやく決意したようにバイブを下腹部へあてがった。

左手の指でラビアを広げ、右手に持ったバイブの紫色をした肉質シリコンの先端を、コーラルピンクの濡れきらめく秘裂の底へ押し付けた。

「あ、あう、う……、はうっ」

香澄は弟の視線を受けとめながら、バイブで自分を犯す作業に没入した。

三分して、バイブはすっぽりと香澄の膣に呑み込まれた。

「審査は合格。姉さんはぼくの調教奴隷になった。どうせだから性感テストだ。イッてごらん」

香澄はコントローラーのスイッチを入れた。モーターが唸り、女体がびくんと跳ねた。

「あうう、うー、くく、うぐぐ！」

深いところでバイブが振動し、くねり、弟の目の前で姉はあっけなくオルガスムスに達した。

「姉さんがここまでマゾで、しかも感じる体だとは思わなかった。灯台もと暗しという感じだな」

ぐったりと伸びてしまった姉の体から極太のバイブを引き抜いて沙樹夫は言った。

「この調子だと、五、六回ほどでフィスティングは成功すると思う。では、調教牢獄にご案内して、軽く調教してみようか」

ふらつく裸身を立たせ、沙樹夫は慣れた手つきで姉の体に麻縄をかけた。両手を背後でくくられ、乳房をくびり出すように上半身と上腕に縄が巻きつく。

「ああ、これが欲しかった……」

秘部からとめどもなく蜜液を溢れさせ、内腿を濡らしてゆく香澄が熱い吐息と共に言葉を吐いた。長いこと妄想するだけだった緊縛願望が実現したのだ。

「では香澄。最初の調教だ。歩け」

全裸で緊縛された香澄は廊下を、家の奥へと歩かされた。

（え……？）

香澄はちょっと驚いた。

自分たちが育った家である。この家のことはよく知っている。弟が連れて行こうとするのは、自分たちの両親が使っていた寝室だ。母の死後、そこは使われていないはず。

父母の寝室を調教室として使うのだろうか。それは少し死者に対する冒瀆《ぼうとく》ではないだろうか。

姉の胸さわぎなど知らぬふうに、沙樹夫は全裸の彼女の縄尻をとりながら、廊下の突き当たりにあるドアを開けた。

そこから先は別棟の離れへの渡り廊下になっている。二人はそれを渡った。

最初、父母の寝室は母家の二階にあったのだが、母親の桜子が歴史小説家として売れっ子になるにつれ、仕事の場が必要になってきた。

そこで二階は書斎と書庫に改造され、敷地の中でも一番閑静な所に離れを建て、そこを夫婦の寝室としたのだ。まだ香澄も沙樹夫も幼い頃のことで、二十五、六年も前のことになるだろうか。

離れはツインのベッドが置かれた洋間と、納戸を兼ねた十二畳の和室、それにバスルームという構成になっている。この離れには、香澄たちもあまり自由には出入りできなかった。やはり夫婦の寝室ということで遠慮があったのだろうか。まあ、子供たちの興味をひくようなものもなかったこともあるが、あまりここで過ごした記憶がない。

ずうっと閉め切られて空気が淀んでいる離れに入ると、てっきりベッドルームへ向かうと思った香澄の予想は裏切られた。

沙樹夫はガラリと障子を開けて、和室にズンズンと踏み入ったのだ。

衣裳簞笥《だんす》が何竿も置かれて、そのほか、夫婦が亡くなって使われなくなったものがうず高く積まれ、とても調教をする、というスペースなどない。

(どういうこと？　ここで何を？)

困惑している姉をよそに、弟は和室の片隅にある襖《ふすま》をガラリと開けた。その向こうは押し入れになっているはずだ。

「？」

香澄は少し驚いた。

室内にはいろいろ雑多に品物が置かれているのに、間口半間《げん》の押し入れの中はがらんどうだった。上下を仕切る段もない。人間が二人ラクラク入れる空間。壁も天井も床もベニヤ板張りになっている。

「…………」

沙樹夫が先に体を入れて、奥のベニヤ板の壁の、腰の高さのところをトンと突いた。

「あッ」

思わず香澄の口から驚きの声が洩れた。

ガタ。

音がしたと思うと、壁板が向こうに開いたのだ。ドアのように。いや、ドアそのものとして。香澄は目を丸くして、ポッカリと開いた空間を見つめた。ちゃんと照明が点《つ》いて、階段が地下へと下っている。

（隠し扉……！）

驚いている姉に振り向いて、沙樹夫が説明した。

「もともと、この押し入れはほとんど物が置かれてなくて、ママが亡くなってから後片づけをしているうち、不思議だと思った。中に入ってこの壁を叩いてみると、どうも音がおかしい。庭に回ってみると、内側の壁より半間張りだしている。つまり押し入れの向こうに空間がある。もう一度、念入りに調べてたら、この部分を叩くとポカリと開いた。驚いたよ。まさかおやじとママの使っていた部屋に隠し扉があるとは思わなかったからね」

「いったい、何のために……？」

姉の質問を、弟は謎めいた微笑で受け止めた。

「それは、香澄自身の目で確かめられる」

沙樹夫はまず自分が先に階段を降り、後ろ手に縛られた全裸の姉が、おそるおそる降りてくるのを待ち受けた。壁に沿った、意外に高さのある階段だった。踏み面はラワン材でかなり人の足が踏んだ形跡がある。

「ええッ、こんな部屋が……」

床に素足をつけて、香澄は周囲を見渡し、また驚きの声をあげた。

四畳半ほどの広さの空間が広がっていた。天井はけっこう高い。沙樹夫が飛び上がっても手はつかないだろう。天井の真ん中にはカバーのない蛍光灯が直《じか》にとりつけられている。どうやら隠し扉が開くと同時にスイッチが入る仕掛けになっているらしい。

まわりの壁はすべて打ちっぱなしのコンクリートだが、一面にだけ黒い布が幕のように壁面全体を覆っている。真ん中にスリットがあるところを見ると、左右に広がるようになっているのだ。その向こうに何があるかは、今のところ見当もつかない。

床だけ緑色の塩ビの床材が敷き詰められている。空気は冷え冷えとしているが、こういう場所につきものの黴《かび》の匂いがしない。通風が計算されているのだろうか、空気も湿っぽくない。

頭の上のコンクリートの天井は、離れの裏手にある庭の真下になっているに違いない。確かその部分はぽっかりと何もない、草だけの空き地になっているのを不思議に思ったことがある。コンクリートの箱が埋まっていて、その上に土を載せただけだから、植栽には不向きの場所だったのだ。

「さあ、何のためにこんな地下室を作ったか、分かるかい？　ぼくら子供にも、ここにこんなものがあるなんて、おやじもママも一言も言わなかった」

後ろ手に緊縛されたまま、全裸で連れこまれた香澄は周囲を見回し、首を傾げた。

「分かりません……。その幕の向こうは何ですか」

「はは、ここを開けたら分かってしまう」

パジャマ姿の沙樹夫は、幕のところに近づき、サッと左右に広げた。

向こう側に突然、人間が現われ、香澄は驚いて悲鳴をあげるところだった。

その人物は、沙樹夫だった。

鏡が沙樹夫を映していたのだ。もちろん、その背後の香澄をも。

「鏡……」

ずいぶん大きな鏡だ。ゆうに畳一枚はある。幕を全部どければ部屋全体が映しだされるだろう。

「どうして、こんな鏡が……」

ますます分からない顔の香澄だ。

「鏡には二つの使い道がある。一つはものを映しだす。もう一つは厚いガラス板として、仕切りに使える」

「ということは、この向こうにも何かがあるのね？」

「そういうことだ」

沙樹夫は鏡のある場所を、押し入れの隠し扉と同じような、腰の高さのところに手を押し当てた。

「マグネットキャッチがあって、ここを押すと外れるようになっている。わざと把手《とって》を使わないのは、これがドアだと分からせないためさ」

つまり、単なる地下の収納庫のようなものではない。何かの目的のために金と時間と手間隙《ひま》をかけて作られた建築物なのだ。

　ふいに香澄の頭に閃くものがあった。

「分かった。地下牢ね……！」

　沙樹夫がニヤリと笑った。

「正解。ただし、いっぷう変わった地下牢だが」

　カチリ。

　鏡の扉を固定していた装置がどこかで外れ、大きな鏡は向こう側へと開いた。

　真っ暗な空間があった。照明は点かない。

「入ってみたまえ」

　促されて、素っ裸の姉は隠されていたもう一つの部屋へと足を踏み入れた。暗黒の、洞窟の中へと。

　カチリ。

　足元で何か音がしたかと思うと、パッと眩い光が溢れた。天井の蛍光灯が点灯された。

「まあ」

　真っ先に目に飛び込んできたものが何であるか、それを理解した瞬間、香澄はさらに大きな声をあげてしまった。

部屋全体は前の部屋よりもひと回り大きく、天井も高い。その中央に奇妙な物体が鎮座していた。グロテスクな形をした、巨大な椅子。

木製だが前面に黒っぽいニスが塗られ、磨きあげられたように黒光りしている。

簡単に言えば背もたれと肘掛けのついたアームチェア、肘掛け椅子だ。

ただ、背もたれが四十五度ぐらいに後ろへと傾いているのと、肘掛けの先端部が左右に張りだしてしかも両手を掲げたように、上から見るとチューリップ状になっている。四本の脚は太くて頑丈だ。

さらに変わっているのは尻をのせる座面だ。まるで洋式便器の便座のように、座った人間の股の部分がえぐれて、おおざっぱなUの字形をしている。

そして背もたれ、肘掛けの中ほど、左右に開いた先端部に黒い革で出来た尾錠のついたベルトが取り付けられている。革はあちこちすり切れ、ひび割れている。相当長く、使いこまれたようだ。

これが何か、言われなくても分かる。特に女性なら。

それは婦人科診察台の原形のようなものだ。

そこに女性を座らせ、胴と手足を固定して、大股開きの姿勢を強制するもの。

「拷問椅子だわ。それもフィスティング調教の……」

姉が呟くと弟が頷いた。

「言っておくが、ここはぼくが見つけた一年前と同じ状態だよ。何も手をつけていない」

「えーッ、じゃ……」

香澄は声を呑み込んだ。弟が後を続けた。

「親父とママが、ここを使っていたんだ」

「そ、そんなバカな。だとしたら……」

父親の歴史学者、外山源太郎と、母親の歴史小説作家、外山桜子は、ＳＭ行為を楽しむカップルだったということになる。

「そんな……、信じられない」

「親父たちが、ぼくらのことを見ても、そう言うだろう」

沙樹夫はそう言いながら、全裸の姉を縛っていた縄を解いた。

「座れ」

命令されて、反射的に、

「はい、ご主人さま」

答えて、素直に拷問椅子に座った姉の裸身を、弟はすばやく五カ所の革のベルトで椅子に固定していった。すなわちウエストの部分、両手と両足首。

「ふむ、ほとんど調整なしにベルトがかかる。たぶん親父はママの体に合わせてこの椅子を作らせた。ママの体型は今のおまえとそっくり同じだったわけだ」

外山桜子も背が高く、のびやかな肢体の持ち主だった。

「まだ、信じられない……。ママがこの椅子に……？」

「そうだ。こんなふうに座らせられた」

両足首を左右の肘掛けの最先端部にのせ、女の最も恥ずかしい部位を完全にさらけ出す姿勢で、天井を仰ぐように拷問椅子に座らせられた姉は弟と、短い言葉で会話を交わす。

沙樹夫は身動き出来なくなった姉を一歩ひいて、彫刻家が彫り上げた作品を点検するような目になって見事な裸身を眺めた。天井の蛍光灯の光で眩しく輝く、青白い裸身。

股間のある部分だけはセピア色で、赤紫色があり、ピンク色があり珊瑚色があり紅鮭色があった。そして肉体の裂け目の奥から、薄白い液が溢れて会陰部を濡らし、アヌスを濡らして、真下の床、塩ビの床材にツーと糸をひくように滴り落ちてゆく。

「もう、そんなに濡らすとは……」

感心した声で言い、沙樹夫は命令した。

「鏡を見るのだ」

前室とこの部屋を仕切る鏡のドアは、拷問椅子に座らせられた人間が正対する位置にある。

つまり香澄は、まっすぐ、大股開きの姿勢を強いられている、哀れな自分の姿、性愛器官のありさまを直視することになる。

「ああ……」

赤い唇を噛みしめ、思わず屈辱と羞恥の呻きを洩らす美女。

沙樹夫はゆっくりと壁に沿って歩きながら、姉に向かって説明した。

「親父とママがいつから、SMプレイに耽るようになったのか、それは分からない。ただぼくらが生まれる前から、という気がしないでもないね。そもそもママは、まだ駆け出し作家の頃、小説の資料を見せてもらいに大学教授の親父のところに行き、そこで見初められたということになっている。いずれにしろ、増築する時に秘密の調教部屋を作るほど、二人はSMプレイに入れこんでいた。それは、これを見れば分かる」

ようやく周囲を見回す余裕ができた香澄は、自分の背後側の部屋の隅に木製の戸棚が置かれているのを見た。沙樹夫がその扉を開ける。どうやらもとは食器棚だったようだ。

いろいろなものが雑多に詰めこまれている中に何冊ものSM雑誌が見えた。

「けっこう古いSM雑誌だ。二十年ぐらい前の。その頃、ママは三十代の後半。仕事もバリバリやっていたけれど、女ざかりの年齢だった。親父は四十代なかば。男ざかりだ」

沙樹夫は棚の奥から何かを取り出した。太い蠟燭。それにライター。

蠟燭は使われていて、芯の部分がすり鉢の底のように凹《へこ》んでいる。

「ここに残されたものを調べると、親父は蠟燭責めが好きだったようだ。そして、この拷問椅子を特注してここにしつらえたということは、親父はママの性器やアヌスを責めるのも好きだったということだ。ひょっとしたら、フィスティングを好んだのかもしれない。というのは、ほら、こういうものがある」

また戸棚から取りだしたのは、『キシロカインゼリー』と記された白いチューブだった。何のためのものか、香澄でも知っている。膣やアヌスに異物を挿入する時、苦痛を軽減するための麻酔剤入り潤滑ゼリーだ。

「でも、パパの死んだあと、ママはどうしてここを処分しなかったのかしら。せめて道具類などでも隠すとか。だって私たちに自分たち夫婦の秘密を知られてしまうわけでしょう？」

香澄は疑問を口にした。

「それはぼくも考えた。一つの考えかたは、処分の方法を考えているうちにママが死んだということ。脳梗塞でアッという間だったからね。意識不明になってから、昏睡状態のまま死んだ。だからぼくらにも何も言い残せなかった。しかし、別の考えかたもある……」

サディストである弟は、マゾヒストである姉と向かいあった。その手には手術用の薄いゴム手袋が嵌められていた。ここに来る前に、彼はそれをパジャマのポケットに忍ばせていたのだ。

「親父もママも、自分たちの死後、ここをぼくらに使って欲しいと思い、そのつもりで何もかも残していったのかもしれない」

「そんな……。ということは、ママもパパも、私たちのこと、性癖を知っていたことになる。そんなことはあり得ない」

弟は首を横に振ってみせた。

「そうだろうか。子は親の鏡というじゃないか。ぼくがどうしてサディストになったのか、中でもフィスティングという特殊な責めにとり憑かれたのか、親からの遺伝だとすれば理解できる。あるいは、まだもの心つく前に、パパとママの行為をぼくらは見ていたのかもしれない。その記憶がいまのぼくらを作りあげた——。そうも考えられる」

沙樹夫は香澄と正対した。

「では、フィスティング調教の第一回だ。さあて、初回はどこまで入るか」

姉の秘部に、手術用の薄い使い捨てゴム手袋を右手に嵌めた弟はキシロカインゼリーをたらした。ゴム手袋の手首の部分にまでもたっぷりと塗りこめてから、パジャマ姿の沙樹夫は体を屈めた。

「まず一本……」

指が、期待と不安で震える女体の割れ目に挿入される。

「ああ」

「二本」

「う、ううう……」

「三本。根本まで入ってる」

「ううッ、あう、あああ」

香澄の肌にねっとりした脂汗が浮いてきた。

「四本……」

香澄の顔が歪み始めた。

「あう、ぐ、うぐ、ぎゃああ」

悲鳴が迸る。

「まだまだ。五本になってもいない。そんなことでどうする」

「うぎゃー、ひいい！」

「暴れるな、こら、力を抜くんだ。おれにすべてを委ねるんだ。殺されてもいいのだと思うほど、おれを愛してみろ」

沙樹夫も汗みどろになり、やがてパジャマもトランクスも脱ぎ捨てた。その股間の勃起はすさまじく、カウパー腺液が糸をひいてしたたり落ちるほどだ。

「ここが限度だな。それでもよく絞まる。がこいつを味わわないというのはもったいない話だ」

沙樹夫が時に激しく、時に穏やかに、緩急のリズムもつけて手首を動かすと、香澄の裸身はまるで操り人形か何かのように、彼の意思に添うように跳ね躍り、悶え狂った。

「うぎゃああ、あう！」

「ひい、ひぃーッ！」

悲鳴と絶叫、号泣と嗚咽《おえつ》が長い間続き、香澄はついに失神した。

――彼女が水を浴びせられて意識をとり戻すと、全裸になった弟が広げられた股の間に膝をつき、上半身を覆いかぶせてくるところだった。

「姉さん、後悔しないかい」

涙で濡れた頰にキスし、沙樹夫は訊いた。

「しません。本望よ。殺されてもいい」

「それを聞いて嬉しい。たっぷり調教してあげよう。膣のフィスティングが成功したら、その次はアヌス。さらにダブル・フィスティングにも挑戦したい。二本の腕を入れる。姉さんなら大丈夫、できる」

「そこまで調教されてみたい」

「フィスティングされると緩くなると思うけれど、決してそんなことはない。締める訓練も続ければ、前よりも男を喜ばせる体になる。これからその方法を教えてあげよう。……いまは危険日かな？」

「排卵は三日前に終わりました」

「じゃあナマで大丈夫か。これからはピルを使ってほしい」

「はい、ご主人さま」

「その調子だよ、香澄」

姉の唇に自分のを重ね、舌を絡めて吸いながら、弟は怒張しきった肉槍を姉の秘裂に突き立てた。

「う」

香澄の裸身がうち震えた。

「これで一人前の愛奴になる」

柔肉をぞんぶんに貫き、腰を使いながら沙樹夫は言った。淫らな音がたった。

「嬉しいです、ご主人さま。ああ……」

急速に快感が沸騰し、香澄は子宮が溶け崩れるような快美な感覚に溺れていった。

第十一章　公開調教の招待客

「クラブから、こんなものが送られてきたんだ」

秋奈が帰宅すると、仕事部屋から出てきた夫の浩之がＶＯＣからのファックス用紙を渡してよこした。

「なんなの、これ？」

「まあ、読んでみて」

共稼ぎで経理事務員として働いている妻は、そのまま夫の仕事場に行き、来客用のソファに豊かな尻を降ろしてファックス用紙に見入った。そこはものを書く仕事に疲れた浩之が、ごろりと横になって本を読んだり、仮眠するための場所でもある。

ＶＯＣからファックスが来るというのは、月に一回、セッションのスケジュールを伝えてくるのと、予定外のセッションを伝えるのと、どちらかだ。来月のスケジュールはもうすでに受け取っているから、これは予定外のセッションの報告だろう。

《会員七十七号さま、アキさま
突然で申し訳ありませんが、私どものオフィスを経由して、お二人にメッセージを転送してくれないか、という申し出が、ある方からありました。

〝悟拳王子〟と名乗られておられる方ですが、伯爵や私のかねてからの知己でもあり信用できるかただと保証できます。フィスティングの分野では有名な調教師ですから、ひょっとしたらもう御存知かも知れませんね。ご迷惑かもしれませんが、ご一読ください。

なお、このメッセージの転送には伯爵の了承を得ております。

VOC事務局　ヒルダ

七十七号さま、アキさま。

初めてご挨拶申しあげます。

私は悟拳王子と言う名前で、フィスティング調教を行なっているものです。

半年前のVOCのセッションで〝カスミ〟という名のビクティムが参加されたことを覚えておられるでしょうか。

カスミは、アキさまのビクティムぶりにいたく感銘を受け、特にヒルダさんのフィスティング調教を受けるアキさまを見ているうちにオルガスムスを覚えたほど、昂奮したと申しております。

自分もフィスティング調教を受けたいと願ったカスミは、私を訪ねてきました。以来、三カ月をかけて調教いたしました結果、カスミは私のフィスティング調教のすべてを受けいれることができました。

カスミは、調教の達成を記念して、その結果を何人かの方々に見ていただきたいと希望しております。

新しいマゾ奴隷、カスミの誕生の瞬間に立ちあっていただきたく、七十七号さま、アキさまお二人への、このメッセージを伯爵に託し、転送をお願いしました。

日時は※※月※※日午後九時より。

場所は港区・赤坂のマンションにて（参加のお申し込みをいただけたら、場所、地図などをお送りします）

参加を呼びかけているのは、今のところお二人を含め、カスミの関係者、七人です。

公開調教においては参加者の方々も調教に加わっていただきます。アキさんには助手として手伝っていただければ幸いです。

ご招待ですので、参加費その他は一切、必要ありません。ただし、こういったセッションが行なわれることは誰にも秘密にお願いいたします。

参加していただけるのであれば、ＶＯＣのヒルダさんにお伝えください。私どものほうから追って開催場所その他についてお知らせをさしあげます。

万障くりあわせてのご参加を切望しております。なにとぞよろしくご高配くださいませ。
※月※日　悟拳王子》

「悟拳王子……？　初めて聞いたわ。あなた、知ってる？」

秋奈は眉をひそめて浩之に訊いた。

「いや、ぼくも知らなかった。だけどなんとなく聞いた名前だと思って調べたら、『ＳＭプレディター』の広告欄に広告を出しているんだよ。ほら」

最新号の『ＳＭプレディター』の、夫が開いて見せたそのページを、秋奈はまじまじと見た。

《フィスティング調教
長期ハード調教を希望のＭ女性・希望を叶えます。
面接のうえ審査、真性Ｍ女のみ受付け。
悟拳王子

東京・青山。調教室完備。

電話・FAX＝03・※※※※—※※※※（秘密厳守）》

味もそっけもない広告である。もっともそのページの広告はマニアがマニアに向けるもので、ほとんどが似た感じである。

「あのカスミさん、外山香澄さんが……こういう人の調教を受けたの？　それも長期でハードなのを……。信じられないわね」

もう一度、ファックス用紙の文面を最初から読み直し、秋奈は夫を見た。

二人はもう、カスミの正体を知っている。

テレビの教育番組に出演していた、ベストセラー歌集を発表して閨秀歌人の名も高い、美貌の国文学科助教授、外山香澄。秋奈が教え、浩之も信じた。二人はいまや外山香澄の作品のファンでもある。

「ぼくも正直言ってびっくりしたよ。だが、あのセッションの時にヒルダに調教されるカスミさんは、ものすごく昂奮して、最後は本当に何もしないでイッてしまったような感じだった。だからフィスティング調教にはすごく魅入られていたようだ」

「そう言われると、確かにね……。セッションの前に、大学時代にクラスメートに輪姦されて、それ以来Mになったと言っていたけど、私には悩みを打ち明けていた。どうも今までのパートナーはしっくりこない、って。ああ、この人もご主人さま遍歴かな……って思ったんだけれど……」

〝ご主人さま遍歴〟というのは、M女性が一人のパートナーに満足できず、次から次へとチェンジしてゆくことを言う。

ふつうサディストとマゾヒストのカップルの場合、S男性が優位に立ち、M女性の選択権や放棄権は彼の側にあるように思われるが、パートナーに飽き足らず、自分の側からS男性をふり捨てるM女性は多い。見た目はS男性が服従させているようで、心底、M女性を支配しきれるサディストの男というのは少ないものだ。

「ということは、美虐卿では満足しなかったのか」

「VOCのセッションで会った時もね。彼女は……大勢の男性にただオモチャにされて喜ぶマゾヒストではないという印象を受けた。彼女もそんなことを言っていた。なんというのかな、修道僧のような、厳しい修行を求める、そういうタイプ」

「なるほどね。ある境地に達したい、そういうのを求めるM女か……。だったらカスミさんは、自分の求める調教師を得たわけだ」

「この悟拳王子という男性？　伯爵も一目置いて、私たちにメッセージを取り次いでくれるんだから、きっとなかなかのサディストなのね。……だけど、どうして私たちを招待するのか、それがサッパリ分からない。招待状だけみると、VOCのセッションと似ている。私にもフィスティングの調教を受けてくれと言ってるから」

「ぼくにも分からないけれど、何か考えがあるのだろうか……」

招待される理由について、夫婦はたがいに首を傾げあうばかりだ。

結局、夫婦は悟拳王子なる人物の招待を受けることにした。どういう事情であれ、あの貴婦人めいた美貌の女性が、自分の肉体に、男性の拳を深く受けいれる。それも自ら望んで、そうなるように進んで調教を受け続け、その成果を見て欲しいというのだ。

その姿を想像しただけで二人とも強い昂奮を覚えずにはいられなかった。

浩之は黙って妻のふくよかな体を抱き寄せた。彼女の手をとって自分の股間へと導く。

「あらまあ、あなた……。こんなになって……」

妻は驚きの声を発し、寝室に連れてゆかれることに抵抗はしなかった。

「あの人のことを考えて、こんなになるなんて、許せない」

口では怒りながらも、下着を脱がされると、そこはしとどに濡れていて、夫は喜び勇んで荒々しく秋奈を組み敷いた。妻は浩之の怒張に貫かれ、歓喜の声をはりあげた。浩之の仕事場のカーペットの床の上でカップルは激しく交わり、秋奈に何度かオルガスムスを味わわせた浩之は、目のくらむような快感のさなか、ドクドクと精液を妻の子宮へと噴射させた——。

二週間後、招待された日がきた。

翌日は祝日なので秋奈も朝を気にする必要がない。彼らは車で、ファックスで送られてきた地図に従って会場である、赤坂のマンションへと向かった。

指定された場所へは、車は坂道を上っては下りした。やがて鬱蒼とした木々が周囲の視界を遮ってしまい、木立の向こうは黒々とした建物が見えるだけ。

「赤坂、って言うから賑やかな盛り場みたいなイメージがあるけれど、ここは全然、違うわね。都心だとは思えない」

思わず秋奈が感想を口にした。彼女は美しく装っている。今夜のセッションは招待された側だが、最終的には彼女も男たちの欲望の生贄とされるに違いない。それを期待している熟れた女体は、発情した牝の芳香を発散させている。

ふいに道が行き止まりになり、そこが目的地のマンションだった。

高い塀と木々に囲われた敷地に入ると、正面に数台分の来客用駐車場があって、ベンツが一台、ＢＭＷが一台、駐まっていた。自分たちの古びた国産車を駐めるのに気がひけるような雰囲気がたちこめている。

二人は車を降りて、マンションと向きあった。

見た目はなんということのないレンガ色化粧タイル張りの四階建て低層マンションだ。注意ぶかい観察者なら、窓の数が少なく、しかも小さいのに気づき、なんとなく要塞のような印象を受けることだろう。しかも周囲の建物とは隔絶している。

〝赤坂サイレントハウス〟と刻まれた石板が玄関に設置されていた。秋奈が呟いた。

「サイレントハウス……。ヘンな名前だけど、静かなことは確かだわ」

共有玄関のところに八個のインタホンが埋めこまれていた。このマンションは八戸だけしかないということだ。これだけの建物なら、ふつうなら二十戸ぐらいあってもおかしくないだろう。ここでは一戸一戸がそうとうに広いということだ。

浩之は一〇二号室のボタンを押した。

すぐにハスキーな女の声が応答した。ヒルダの声だった。

「七十七号です」

「はい、どうぞ」

ビーッとブザー音がすると同時に観音開きの玄関ドアのオートロックがガシャリと外れ、モーターの力で開いた。彼らが中に歩み入るとガラスドアは音もなく閉じ、またガシャリとロックされる。さらにもう一枚のドアを通過してふかふかの絨毯が敷き詰められた廊下に入った。外界の音は完全に遮断され、内部の音も洩れてこない。文字どおり針一本落としても聞こえそうな静けさだ。

　廊下はまるで巨大なモグラでも通るのかと思うような、ざらざらした有孔質のモルタルを吹きつけた逆U字型のもので、廊下というと直線を連想するが、この廊下は動物の巣穴のような緩やかで複雑な曲線、曲面で内装されている。もちろん要所要所に照明があって、廊下だけ歩いても不思議な居心地よさを覚えてしまう。

「変わった建物だこと……」

　驚嘆した妻が夫の腕にすがりついた。

　突き当たりのエレベーターに乗り「一階」のボタンを押した。箱はスーッと下ってゆく。このサイレントハウスは玄関が四階にある。つまり斜面に建っていて、最上階が斜面の頂上にあるわけだ。一階でエレベーターを降りると、また廊下を歩む。廊下には外部への窓がないから地下の坑道を行くような錯覚に陥る。

　一〇二号室のドアの前に立った。所有者の名札は掲げられていない。

　彼らが到来するのを待ちかまえていたようにドアが開いた。こぢんまりとしたホールの中にいたのは黒いＰＶＣのプレイスーツ、網タイツ、ストッキングブーツといったボンデージルックのヒルダだった。

「こんばんは、ヒルダさん。呼ばれているとは知らなかったわ」

「いらっしゃい、おふた方。悟拳王子とは知らない仲じゃないから、今夜はこっちで接待役なの。さあ、靴のまま入って。……マダム・アキはこちらへ。ご主人は奥へどうぞ」

廊下の中途にある部屋にヒルダと秋奈は消えた。饗宴の生贄となるための支度があるのだ。たぶん外山香澄もその部屋にいるに違いない。

ヒルダに教えられたドアを開けると、そこは広い洋間だった。

VOCがセッションに使う『シャトウ・ルージュ』と、広さでは負けていない。ただこちらは吹き抜けではない。それでもふつうのマンションよりはずっと天井が高い。

窓には黒い重厚なカーテンがひかれ、音も光も完全に遮断されている。床はふかふかの深紅の絨毯、四囲の壁は黒っぽい吸音効果の大きい壁紙が張られている。

家具調度の類はアンティークとしてかなりの価値のあるように見えるアールデコ様式のものだ。それが煩雑にならないよう、目立たない位置に必要最小限の数だけ置かれている。単に装飾のためのものというものはいっさい、置かれていない。

すなわち、いま、天井の高い、数十人ほどのパーティがらくらく可能な広間にあるものと言えば、低いテーブルが一つ、ゆったりした革の肘掛け椅子が二つ、ソファが一つ、サイドボードが一つ、あとは壁際に据えられた大型画面のテレビモニターとAV機器が一式。それだけだ。ホテルのスイートルームを思わせるシンプルさだ。

サイドボードのところに人が四人、立っていた。二人とも浩之よりはずっと若い。

一人は三十そこそこといった印象で、黒いシャツ、黒いズボンに、顔にはサングラスをかけていた。長身の体はほっそりとしてしなやかだ。

（これが悟拳王子か……）

長髪を首の後ろで束ね、ポニーテール風にしている。その風貌や雰囲気から、青年と言っていいほど若々しい人物が自分たちを招待した、セッションの主催者だと直感的に理解できた。

悟拳王子と向かいあって何やら話しこんでいたもう一人は、三十代の男性だった。びしっとしたスーツを着こなしているところは、ビジネスマンというより自分で何かを経営しているように見えた。ハンサムで甘い顔立ち、しかし目はランランとして眼光が鋭い。

（サディストだな）

浩之はそう思った。

彼らが立ちながらしゃべっているところのテーブルにはヒルダが用意したらしい飲み物や軽食が並べられていて、黒いスーツの男はウイスキーの入ったグラスを手にしていた。悟拳王子は何も飲んでいない。

「ああ、いらっしゃい。七十七号さんですね」

悟拳王子が浩之を認めて声をかけた。ごく自然に浩之は先客のいるところへ足を運んだ。

「ようこそいらっしゃいました。マダム・アキはヒルダが？」

「ええ。あなたが悟拳王子さんですね」

「そうです」

彼はビジネススーツの男を紹介した。

「こちらが招待客のお一人、ドラゴンさんです。こちらが七十七号さん」

VOCでも一度も顔を会わせたことはない。向こうも彼とは初対面だと認識した。

「よろしく」

「よろしく」

五十代の男と三十代の男は軽く会釈をしあった。「こちらが、オーシャンさん、こちらが猪八戒《ちょはっかい》さん」

ソファに座っていた残りの二人を、悟拳王子が紹介した。二人は腰を浮かせて会釈した。どちらもドラゴンと呼ばれた男と同年配だ。この三人は顔見知りのようだ。

ふつうの背広を着たオーシャンは浩之と同じ長身痩軀、顔もひょろ長く、頭部はかなり薄い。おっとりとした顔立ちをしている。

猪八戒はブレザーに薄いタートルネックのセーター。背は低くずんぐりむっくりとした体型で、顔は赤ら顔。獅子鼻に分厚い唇、度の強い眼鏡の奥の眠ったような目。どう見てもハンサムとは言えないが、ラグビー選手のような猪突猛進するエネルギーを感じないわけにはゆかない。

客と浩之を紹介させたところで、ホストである悟拳王子は言った。

「伯爵のセッションではマスクを着けることもあるようですが、今夜は皆さん、あまりにも身許がしっかりされた方ばかりなので、カスミにも着けさせません。お二方は異存ありませんか？」

「はい。私たちはちっとも」と浩之は答えた。

「それはよかった。ええと、七十七号さんには、ちょっとお話ししたいことがあるのです。五、六分よろしいですか。はじまるまでまだ三十分以上ありますから」

たぶん、なぜ自分たち夫婦が招待されることになったか、それを説明してくれるのだろうと、浩之は理解した。

「もちろん、かまいませんよ」

「ではこちらへ」

ドラゴンという客に挨拶して、悟拳王子は浩之を隣の部屋に案内した。

「ほう……」

浩之は驚きの声をあげないわけにはゆかなかった。畳敷きにして十畳ほどの個室だ。

天井から床まで、すべて赤い色の内装材が用いられている。床はツルツルした塩ビの床材を敷きつめている。部屋の広さは二十畳ほどとリビングの半分ほど。天井高は同じほど、すなわち大の男が飛び上がってもようやく手が届くかどうかぐらいの高さ。

その天井からは井桁《いげた》に組まれた鋼鉄のレールが梁《はり》のように張りわたされていた。

よく見ると壁のあちこち、床のあちこちに埋め込み式のフック——使わない時は床や壁の中に倒されて邪魔にならない——が幾つもとりつけられている。すべて、ここで調教を受けるマゾヒストの体をどのようにでも拘束するためのものだ。

ふかふかしたカーペットなど、柔らかい家具、調度がいろいろあったリビングと違って、この部屋には柔らかなものが何一つない、殺風景なこの部屋の陰惨さを少しでも和らげるものがあるとすれば、それは隣りあった二面の壁に貼つけられた、床から天井近くまで届くような大きな鏡だろう。

それとて、責めに悶えるマゾヒストの姿を前後左右から責め手が見て楽しめるようにと考えられたものだ。小さな椅子、パイプに粗末なマットが載っただけのベッドなど、置かれたひとつひとつが連れこまれた者を脅かさずにはおかない。

周囲を見渡している中年男に、悟拳王子は言った。

「ここは〝赤と黒の部屋〟と呼ばれた調教部屋です。このマンションはね、『SMプレディター』を発行している人物が、自分の趣味を満足させるために購入したんですよ。『サイレントハウス』という名のとおり、この建物は防音と遮音の設計がすごい。外の音が侵入してこないのと同時に、こちらの物音が他の部屋に漏れない。実際、ここでビッグバンドが演奏しても、近隣の部屋は静粛そのものです」

「なるほど。じゃあハードな責めや拷問にはうってつけですね」

二人は部屋の隅に置かれた丸い敷物にあぐらをかいて座った。

「改めて、今夜、招待に応じてくださったことに感謝します」

深く頭を下げてから、悟拳王子はサングラスをとった。

(美男だ……)

切れ長の目に鼻筋がすっと通り、日本的な、どこかお公家《くげ》を思わせる品のよい顔立ち。色は白く、唇はふくよかで赤い。若い頃はうっかりすると女の子に間違えられたのではないだろうか。

(女装させたら、完全に女になれるな)

確かに歌舞伎でいえば女形の顔立ちだ。

(ひょっとしたらゲイかな)

そういう疑問を抱いた浩之はあわてて打ち消した。

女体を究極の部位で責め、拡張してゆくハードな調教をゲイがやれるわけがない。

とてもサディストとは思えない澄んだ目でひた、と浩之を見つめ、二十歳ばかりも年下の男は言葉を口にした。

「ですが七十七号さんは、まだどうしてご自分が招待されたか、お分かりになっていませんね。それを説明させてください」

「はあ、アキを参加させたいので、附属物として私も招かれたのかな、と……」

白髪まじりの、自分と似た痩躯の体型をした人物をまじまじと見つめながら、悟拳王子は首を横に振った。

「いえいえ、それは違うのです。六本木彰《ろっぽんぎあきら》さん」

いきなり自分の筆名を言われて、浩之は愕然とした。彼がそういう名を持つことを知っているのは何人もいない。

「どうして私のペンネームを？」

「実は、カスミがVOCのセッションで強く印象づけられたのが、あなたとあなたの奥さんだと言って、そのことを詳しくぼくに教えてくれました。そのことは忘れかけていたのですが、実は最近、書店で六本木彰というライターが書いた『なぜ私たちはマゾになったか――M女二十人の秘密の告白』というノンフィクションが目につき、手にとってみました。写真も収められて面白かったので、買って帰り、じっくり読みました。非常に参考になりましたよ。私にとっても女性のマゾヒズムはおおいなる謎ですからね」

「それはどうも……。しかし、それを私が書いたというのがなぜ……？」

「二十人のマゾ女性の中に、VOCによく似たグループに参加して、輪姦されることを楽しんでいる人妻のことが記されていました。写真は目線が入っていましたが、カスミはそれを見て、たちまちアキさんだと識別しました。つまりM女二十人のインタビューをされた男性は、アキさんに会っている。しかもあの時、カスミの出たセッションのことを詳細にレポートしていますね。VOCということはボカしていますが」

「ああ、なるほど……。実際に参加されたカスミさんの目を誤魔化すことは出来ませんでしたか。実はあの部分、伯爵の了承は受けているのです。具体的なことは書かない、という条件で」

「ええ、それはいいんです。あの程度のレポートでは誰も迷惑を受けないでしょう。ただ私が興味を引かれたのは、筆の的確さです。文章もしっかりしていて、読むものをどんどんひきつける迫力がある。これはただのルポライターじゃあないと思いました。力作でしたね、あれは」

　目を輝かせて自分の最近の作品を褒める青年を見て、浩之は戸惑いを覚えた。

「褒めていただけるのはありがたいのですが、それが私がここに呼ばれる理由と関係あるのでしょうか？」

「ええ、もちろんです。実はお願いがあるのです。七十七号さんは六本木彰名義で、性風俗の世界やＳＭの世界、さらには一般人のタブーの世界まで、いろんな人に会ってルポを書かれている。そこを見込んで、私とカスミのことを書いていただけないか、と思いましてね」

「はあ？」

　思わず間抜けな声で聞き返してしまった浩之だ。このフィスティング調教師は、自分のことを書いて、発表してくれと頼むために彼を招いたというのだ。

「いや、まだちんぷんかんぷんだと思います。どこにでも掃いて捨てるほどいる、一介のサディストとマゾヒストのことを、なぜ自分が書かなきゃいけない、と思われるでしょうが、実はあの本の最後にあった著者紹介の欄に、確か『近親相姦について実例を調べてルポするのがライフワーク』とおっしゃってた」

「ええ、そう書いてます。ウソではありません」

　そこで悟拳王子なる青年は、顔を前に突きだすようにした。

「単なるカンですが、あなたと奥さまは、カスミの正体をご存知なのじゃないでしょうか。特にアキさんはセッションの時、彼女の肌にも触れて、レズ行為を強いられて、楽しんでやっておられた。そうですね。だとしたら」

浩之はウソをつく必要もないと認め、頷いた。

「家内がある日、テレビを見ていたら、そっくりの女性が出演していたと言いました。関東文教大文学科の助教授、外山香澄という方。有名な女流歌人でもあります」

「やはり……。カスミはオージーパーティがあの時、初めてで最後なのですが、どうしても正体が露見するのではないかとびくついて、以後は参加をやめました」

「それは、カスミさんほどの貴婦人となれば、隠すより現るですからね。人気女優やタレントが身許を隠せないのと一緒でしょう」

「そこで、私の顔をもう一度、よく見てくださいませんか」

浩之は唐突なもの言いに少し唖然とした。

「あなたの顔を、どうして……？」

「いいですから、じっと観察してもらえませんか」

「はあ……」

気迫に圧倒されて、まじまじと白皙《はくせき》の貴公子を思わせる容貌に見入って、

「えッ……⁉」

浩之は目を丸くした。

肌の白さ、切れ長の目、すっと通った鼻筋。日本人には珍しい高いきわだった鼻。ふっくらとして赤い唇。すらりとして細い、しなやかな体型。

「ひょっとして……。そんなバカな……」

浩之は声を呑んだ。にこやかな顔で悟拳王子は頷いた。

「その、バカなことなんです」

「では、あなたは、外山香澄さんの身内……？　ごきょうだい……？」

「ええ、実の、血を分けた弟です。二つちがいのね」

「じゃあ、フィスティング調教というのは、あれはウソだったのですか」

「どうして？　ウソじゃありませんよ。姉は、カスミは、ぼくの手で調教されました。三カ月、最初は一週おき、次は五日おき、そして三日おき、二日おき……。そういう調教を受けて先週、フィスティング調教は完了しました」

つまり、香澄の膣は拡張訓練の結果、実の弟の拳を体内深く受け入れられるようになったということだ。浩之は首を振ってみせた。

「近親相姦の例はいろいろ取材しましたが、実の姉がマゾヒストで、それをサディストの弟が調教した――というのは初めてですね。では、聞きにくいことをお伺いしますが、セックスのほうはされているのですか？」

「もちろんです。姉はぼくの愛奴になることを誓いましたからね。愛奴の第一の義務は、主人の欲望をあらゆる面で満たすことです」

「うーん、信じられない……」

浩之は唸ってしまった。まったく予想外な方向に話が展開してゆく。

「ですが、これはあなただけに話すことです。アキさんはともかく他の人には話さないでください。ぼくがこれをかけている限り、誰もぼくのことを弟だとは思わないでしょう」

ニコッと人なつこそうに笑ってから、美青年は濃い色のサングラスをかけた。

「しかし、いったいどうしてまた……」

「興味が湧きましたか」

「もちろんです」

「でしたら、書いてくれますか。ぼくたちのことを。発表媒体は『SMプレディター』です。ぼくたちのことをあなたに書いてもらうことは、知りあいである編集長にも頼んであります。ですから、今夜、この部屋を借りることができたわけで。もちろん今日集まった参加者全員に話して、このセッションが取材されることについて了承も得ています。もちろん私や香澄同様、彼らの身許は隠すという条件で。報酬はお約束します。さらにカスミの肉体を自由にするというボーナスも差し上げましょう。奥さまと二人で、好きな時、好きなように責めてやってください」

浩之は頭がクラクラした。近寄りがたい気品をもつ美女、著名な歴史学者と有名な歴史小説家を両親にもつ、毛並みのよさでは余人の追随を許さない外山香澄を、自分の手で好きなように弄び辱めることができるのだ。

思わず股間が熱くなってくるのをさとられぬようにしながら浩之は訊いた。

「それはもう、願ってもないことですが……。しかし、ぼくに書かせてまでお二人のことを世に発表したいというのは、どうしてですか」

「どうしてでしょうね。フィスティング調教というのは、いや、調教というのは、形に残らないものですよ。愛奴が去ればそれきりだ。その空しさは覚悟の上ですが、姉とのことだけは霧散させてしまうのは惜しい。この調教のすべては、姉とぼくとの共同で作り上げた共同作品、自己表現としての作品のような気がしましてね……」

「なるほど。分かるような気がします。しかし、これはすごい人間と家族のドラマだ。実録だと言っても信じない人が多いかも。取材のしがいもあるというものです」

「よかった。それでは今夜はいきなりですが、取材もかねて参加してください。ヒルダが適宜、カメラマンとなります」

　それから、さらに十分ほどかけて、外山沙樹夫は姉のこと、自分のこと、両親のことを打ち明けた。そして今晩呼んだ客のことも。

　浩之は唸らずにはいられなかった。

「えッ、そうなんですか、あの三人が……⁉　彼女の処女を奪い、マゾヒズムを覚醒させた輪姦犯人が三人とも、そろってやってきたのですか」

「ええ、卒業以来、三人はそれぞれ別な道を歩んで、これまで一度も会っていません。今夜が一種の同窓会になるわけです。あれからどこまで自分が変わったか、姉は彼らにこそぜひ見てもらいたい、と熱望しました」

　ドラゴンはかなり有名な予備校チェーンの経営者になった。オーシャンは地方の高校で国語科の教師、猪八戒は教科書、教育書籍を出版している出版社の編集者だ。

　現在の彼らがどんな境遇にあり、秘密を守るにたる人物であるかを調査するため、香澄に頼まれた沙樹夫は、私立探偵を雇って調べさせた。その上で招待状を送りつけた。

「彼らは驚いていました。卒業後、完全に無関係になる、という契約でしたから、三人とも香澄のことは過去の夢として、記憶の隅にしまいこんでいたのですからね」

「執念のようなものを感じますね」

「そうですね、マゾ女の執念。ぼくも姉の精神の奥深いところまでは入りこめません。まあ、どのマゾ女性もそうなのですが……。なぜ、彼女たちはそれほど辛い調教を自ら望むのか、これまで数十年調教してきたこのぼくでさえよく分からないのですよ。未だに」

時間が迫った。ヒルダに呼ばれて、浩之はバスルームに向かい、沙樹夫は悟拳王子の顔になって広間に戻った。招待客は全員揃って、準備は済んだという。

第十二章　歓喜に咽ぶ美贄

急いでシャワーを浴び、全裸の上から用意されたバスローブを纏って〝赤と黒の間〟に戻ると、まさに今夜のセッション——悟拳王子の調教奴隷となったカスミこと外山香澄の公開調教がはじまろうとするところだった。

部屋の中央に真上からのスポットライトだけが深紅のカーペットの上に円形の光を落としていた。それ以外の照明はすべて消され、周囲はほとんどの闇だ。

スポットライトに照らされた円錐柱の空間、その外縁部に、バスローブ姿の男たちが半円を描くように立った。その数は五人。

ドラゴン、オーシャン、猪八戒は香澄の大学時代の級友で、処女の香澄を襲い、輪姦し、凌辱の限りを尽くしたかつての若者たちだ。

それぞれ三十をいくつか越え、落ち着きと分別を身に着けた社会人になっている。

残りの一人は美虐卿。外山香澄の勤める大学の理事長で、香澄のマゾヒズムを見抜き、自分の愛奴にした四十代の男ざかりの男。

まるで舞台のそれを思わせる効果をもたらす照明の中で、生贄の運命を暗示するかのように、鉤のついた滑車が天井からぶら下がっている。鎖によってものを吊るすための装置、チェーンブロックが設けられているのだ。

ドアのところには艶麗な肢体を黒光りのするPVCのプレイスーツに包んだヒルダが、黒い網タイツの脚線を誇るかのようにすっくと立っている。

外から合図があったらしい、彼女がドアを開けた。

黒いシャツ、黒いズボンの悟拳王子が入ってきた。もちろんサングラスをかけている。

その背後からカスミ——一流名門大の助教授、有名な閨秀歌人である外山香澄が入ってきた。

あいかわらずむだな肉のない、それでいて充分に女の魅力がそなわっている裸身に着けているのは白いスリップ一枚、そして白いハイヒールだけだ。胸元と裾まわりにレースのたっぷり使われた光沢のある布は彼女がブラジャーもショーツも着けていないことを明らかにしている。

後ろ手にごつい革手錠をかけられたカスミは、火刑台に送られるジャンヌ・ダルクという雰囲気だった。昂然として顔をあげ、自分の身にふりかかる悲惨な運命に身を委ねようとする、殉教者のような表情。

「うむ」

「おう」

男たちがいちように唸り声を洩らした。獲物を目前にした捕食者たちの殺気がむらむらと湧き上がった。それはVOCのいつものセッション以上だ。

手錠につけられた鎖をとって秋奈が入ってきた。彼女は豊麗な肉体に赤いブラジャー、Tバックショーツ、ガーターベルトを着けて、赤いハイヒールを履いている。口紅の色も下着と同じ色だ。

スポットライトの真ん中にカスミは立たされた。招かれた男たちは半円形を描いて彼女をとり囲む。

バスローブを纏って三室竜介が、由良渉が、大河内規久也が真ん前にいる。カスミは十年の間、一度も会わなかった三人の級友を視認したはずだが、その表情は恍惚めいてしかも能面のように、少しも変化しない。

彼女の背後に黒いシャツ、黒いズボン、黒いサングラスの悟拳王子。彼がカスミの実の弟だと知っているのは、今のところ、この場では浩之とヒルダだけだ。

そしてカスミの真横に跪《ひざまず》く秋奈。

カスミの真っ白い輝くような肌と光沢のある白いスリップ、悟拳王子の黒い服、秋奈の赤いランジェリー。

誰もが、その色彩のとりあわせに目を奪われた。まるで、この世のものではないような夢幻的な雰囲気。

悟拳王子が背後からカスミの胴を抱くようにし、掌で薄い布地の上から脇腹や腹部を撫で回しながら口を開いた。

「ようこそ、みなさま。万障繰りあわせてのご参加、悟拳王子が心より感謝します。今夜は皆さまが熟知されているカスミが、この三カ月、どのような調教を受け、どのように心身ともに変化したか、それを見ていただく公開調教です。これはカスミ自身が望んだものです。ですからみなさまも心ゆくまでカスミの肉体を賞味していただきたい」

悟拳王子は、素早くカスミの両手を頭上に差しあげさせ、革手錠の鎖を滑車の鉤にひっかけた。

「よし」

キリキリ、カラカラ。

鎖をたぐる音がすると、滑車に両手を吊られた肢体がギュンと背伸びするような姿勢になった。踵が浮く。爪先はわずかに体重を支えている。

頭はのけぞるようにして視線は天井に向けられ、ウエーブのかかった黒髪は床へと垂れ、白い喉にスポットライトの光があたる。

冷酷な意志によって女体を立ち吊りにしたチェーンブロックは停止し、ストッパーがかけられた。

背後にいて、揃えた両手を天に差し伸べて祈るような姿勢のカスミを眺めていた悟拳王子は、黒いシャツの胸ポケットから小さな折畳みナイフを取りだした。パチッと音がして小さな刃が冷たい光をきらめかせた。

そのナイフをカスミの纏っているスリップの肩紐にひっかけながら、まだ若い——実際にこの場で一番若い人物になる——黒衣の調教師は全員に説明した。

「調教前に奴隷の性器が完全な昂奮状態におかれていること、これがフィスティング調教の要諦です。進入してくる異物に対する恐怖心を薄め、逆にマゾヒスティックな、自己破壊的な欲望が刺激される、そういう状態が理想的です。ですから、この女をそういう状態にもってゆく準備運動をこれから行ないます」

背後の闇の中に姿を消したヒルダと秋奈が、鞭を手にしてスポットライトの光の中に姿を現わした。ヒルダのは乗馬鞭、秋奈のは房鞭だ。

プチ。

ナイフの刃が二本の肩紐を切断した。下へと引っ張られると、サワサワという絹ずれの音をたてながら、白いスリップは立ち吊りにされた女体の曲線に添って、彼女の白いハイヒールを履いた足元にふわりとすべり落ちた。

何も着けていないカスミの、優雅、端麗な裸身が男たちの目の前にさらけだされた。下腹部に黒い翳りはない。一毛余さずきれいに剃毛されている。浩之はさっき、その部分については、香澄自身の強い希望で電気除毛の処置がとられ、永久的に無毛にされていると知らされている。

ヒルダが生贄の裸女の真ん前に、秋奈が真後ろに立った。体の前と後ろを二人の女に鞭を浴びる運命の女は、恐れるふうもなく、むしろ昂然と、吊られた裸身の胸を突きだすようにした。男たちの凶暴な視線を受けて勃起している乳首がピンと上を向いている。

ヒュッ。

なんの合図もなく、ヒルダが乗馬鞭をふりかざした。それは斜めに振り降ろされた。

緊張した空気を裂いて細い乗馬鞭は右の乳房、形よく突出した椀形の半円球を打ちのめした。

バシッ。

「あう！」

カスミの唇から短い悲鳴がほとばしった。

みるからに優美なムダのない動きでヒルダの腕がバックハンドで持ち上がり、鞭は今度は左の胸へと襲いかかる。

ビシッ。

「ひいい！」

青白く透明感のある脂肉の、静脈を透かせてプルプル震える丘を残酷に打擲される裸身がビクンと躍動した。女の最大の弱点である前面の隆起を責められる体は前のめりに腰がひける姿勢になった。

次の瞬間、背後から秋奈の房鞭が覆うもののない臀丘を襲った。

バシーッ！

「ああッ」

細いリボン状の革を束ねた鞭を背後から浴びて、裸女の肉体は反対に、背をそらし腰を前に突きだす姿勢になる。

そこを狙いすますようにしてヒルダの鞭がまた右の乳房を。

バシッ。

「うーッ！」

歪む美貌、跳ね躍る筋肉。白い肌にサーッと浮き上がる赤い打痕。天井に吊りあげている滑車の鎖がギシギシときしんだ。

（美しい……！）

浩之は感嘆しながら、前後から交互に鞭を受ける女体の苦悶するさまを眺めた。

ヒルダの黒いプレイスーツ、秋奈の赤いランジェリー、そして白く輝くカスミの裸身。見事な三色の対比による、キリストの笞刑図を思わせる残酷な責め絵の構図だ。これが演出だとしたら、悟拳王子こと外山沙樹夫の美学的なセンスはただものではない。

ヒルダも秋奈も、冷ややかな笑みを浮かべた表情で、無抵抗の美麗な裸身に鞭をふるい続ける。二人の息はぴったり合って、カスミの肉体は一定のリズムで裸身に打ち降ろされる二本の鞭によって翻弄された。

美女の唇から迸る悲鳴、呻き、喘ぎ。残酷な、しかし見るものの凶暴な欲望を肉の深いところで刺激する鞭の唸り、健康な肌を叩きのめして炸裂する乾いた音。手枷を嵌められた手首を吊りあげている鎖の軋み、カタカタと鳴るハイヒールの踵。

カスミは前と後ろに五十打ずつ、全部で百打の鞭を浴びた。女たちは黒衣の男の合図で、鞭をふるうのをやめた。

「ああ、うう……」

静寂が戻った室内に、打ちのめされた裸女の呻き、すすり泣きがたなびく。

立ち吊りの肉体が震えおののいている。すべての視線によって、カスミの無毛の秘唇は犯された。白い液をとめどもなく溢れさせ、やや開いた股間を垂直に、ツーと糸をひきながら床へとしたたり落ちてゆく。

愛液の量からして、カスミが激しい昂奮状態にあるのは一目瞭然だった。

白い裸身が、鞭を浴びた部分以外も、全体的にピンク色に上気し、太腿、腰、臀部の筋肉にビクビク、ガクガクという震えが走る。甘いやるせない女の匂い、女そのものの香気が密室に拡散してゆく。男たちの獣欲が刺激され、ぐらぐらと煮えくりかえる。

「…………」

二人の女が鞭をふるうのを、闇に身を置いて眺めていた黒衣の男は、こんどは秋奈に合図した。

鞭を捨てた秋奈がヒルダと入れ替わりにカスミの前に進み出、荒い呼吸をしているカスミと向かいあった。二人の女は互いを見つめあった。

「…………」

ヒルダが背後からカスミを抱き、右手で乳房を揉みしだくようにしながら強引にカスミを振り向かせるようにして、彼女の唇に自分の唇を重ねた。

「…………」

対照的な肉体と美貌をもつ二人の女が交わす情熱的な接吻。ギャラリーの男たちは、これから濃厚なレズビアン3Pショーがはじまるのだと察した。

秋奈が片膝を床につける姿勢をとり、両手をカスミの腿のつけ根にあてがい股間を強引に割り広げた。

「……む」

ヒルダに唇を吸われているカスミが呻き、裸身をびくんと震わせた。

きれいに除毛された恥丘に秋奈が顔を押しつけていったからだ。

唇をしだいに秘裂へと移動させながら、秋奈は強引にカスミの腿を持ち上げて自分の肩にのせるようにした。そのことで体のバランスはとりにくくなったが、背後から抱え支えるヒルダのおかげで大きくバランスを崩すことはない。

くちゅ、くちゅ、ぴちゅ、ぴちゅ。

粘膜に這わせる唇と舌がたてる濡れた音がたった。

ちゅう、チュッ。チュルチュル。

秋奈が美味《うま》そうにカスミの肉奥、子宮から溢れ出てくる愛液を吸い舐める。啜りあげてゆく。

「あう、ああ、あーッ……、む」

ヒルダから項へのキスを浴びていた秋奈の唇から切ない呻きが洩れた。

（これは……、いい）

浩之は女三人が織りなす濃厚なレズビアンショーに魅せられた。妻の熱心な口唇愛撫によって、たちまち陶酔の色を強め、ヒルダとの接吻の間に、悩ましい呻き、喘ぎ、吐息が吐き出され、それがたちまち、あられもないよがり声になってゆく。彼の男根はたちまち充血して膨張し、充分な勃起状態を呈している。他の男たちもバスローブの下では怒張器官が天を仰いでいるに違いない。

秋奈の手指が巧みに動いた。女ならではの快感のツボを刺激されて、凌辱儀式のために自分が招いた男たちの前で、カスミは淫らに腰を振り、くねらせた。後ろから抱きしめるヒルダは彼女の耳たぶを噛み、項に唇を這わせながら、両手で二つの乳房を揉み、握りつぶし、乳首をつまんで間断ない刺激を与える。

「ああ、あう、うーッ、あああ！」

数分して、秋奈とヒルダが協力しあった淫らな責めに、カスミはたまらず最初のオルガスムスに追いやられた。絶叫して汗を滲ませた裸身をガクガクと震わせ、ハイヒールを履いた足の爪先を突っ張らせた。年上の女の股間から顔をあげた秋奈が、美味な料理を堪能した子供のように笑顔を見せながら、愛液と唾液で濡れた口のまわりを手の甲で拭う。

闇の中に自分を置いたまま、黒衣の調教師、悟拳王子は女たちに合図をした。

レズ愛戯の末の絶頂を味わい、余情にうち震えるカスミの裸身は、悟拳王子、ヒルダ、秋奈の三人がかりで新しい姿勢を強要されてゆく。

まず両足首に強制開脚用の足枷が嵌められた。長さ一メートルほどの鉄パイプの両端に鎖が溶接されて、それぞれ黒革の頑丈な足枷がとりつけられたものだ。それを装着されると、カスミは大股開きの状態で性愛器官も肛門もまる出しのままでい続けることになる。

その鉄棒の中央に縄がかけられて、滑車の鉤に結ばれた。横から見るとUの字形に、前から見るとVの字形に、カスミは捕らわれた猪かなにか野性動物のような哀れな姿で宙吊りにされた。

背が浮いている高さは床から一メートルそこそこ。頭はガクリと垂れて、あおむけになった喉首がさらけ出された。

準備が整ったところで、悟拳王子が進み出る。

ヒルダが医療用の使い捨てゴム手袋を渡し、彼が右手にそれを嵌めると、潤滑用ローションをたっぷりと手首の部分まで塗りたくらせた。

黒衣の調教師は、充血しきった肉の花弁を左右に開き、餌を求める下等生物の口のようにひくひくと蠢いている膣口にキシロカインゼリーを塗りたくった。麻酔剤入りの潤滑剤である。

五人の男たち全員がギラギラと血走った目で見守る中、フィスティングの技術を誇る調教師は、ギャラリーを向いて言った。

「では、これからカスミの願いをいれて、公開調教を行ないます。この調教の目的というのは、カスミが本来、どんな女であるか、これまで彼女と関係のあった方々に、その本性を見ていただきたい、という強い願いによるものです。どうぞじっくりとごらんになってください」

舞台の上の奇術師を思わせなくもない身振りで、悟拳王子はゆっくりとカスミの宙に浮いた股間に向きなおると、おもむろに人さし指を、次に中指を、さらに薬指、小指を挿入してゆく。

（あんな小さな穴に人の手が入るのだからな……）

妻がフィスティング調教を受けるのを何度も見ている浩之だが、そのたびに膣と膣口の拡張性に驚く。子宮口から出てくる胎児を通過させ、出産させる器官なのだから、そのための能力を備えているのは頭では分かるが、実際に出来るか、自分でやってみようという気にはとてもなれない。

しかし、悟拳王子のように、またカスミのように、そのことを試してみようと思う人間は多いのだ。倒錯の度が強いマニアの雑誌『ＳＭプレディター』は時々、そういうマニアの投稿写真が掲載される。大根や茄子の野菜類は言うに及ばず、ペットボトル、野球のバットなど、さまざまな異物が膣や肛門に挿入されている写真は、人体というものが常識の範囲を大きく越えて拡張性に富んだものだということを教えてくれる。

しかし、何の苦痛もなく拡張がされるものではないのだ。それは血みどろ汗みどろの、苦痛に満ちた長期間の調教の成果なのだ。強制されるわけではなく、自ら望んで他人に、あるいは自分一人で性器や肛門に異物を受け入れようと努力するマゾヒストは多い。

妻の秋奈もその一人であるが、他人の暴力的な性愛行為を受け入れる妻の姿に昂奮する浩之だが、フィスティングのような調教行為には、正直言ってさほど惹かれるものがない。だから自分で妻にフィスティングしてやろうと思ったことはない。

しかし、カスミという女の正体を知って、貴婦人の香気をはなつインテリ女性が、望んで自分の実の弟に膣拡張の調教を受けた事実は、浩之の内側で不思議な昂奮を誘わずにはいられなかった。暴力であれ異物であれ、すべてを受け入れる人体、それはマゾヒズムの極致であり、攻め手にしてみればサディズムの極致である。

（しかし、怖いな。これがエスカレートしてゆけば、きりがないのでは……）

浩之はフィスティングのさらに向こうにあるものを見透かしてみて、戦慄を覚えないわけにはゆかなかった。

「ああ、あう、ううー、はうッ」

みんなに見られることを意識しているはずのカスミは、半ば目を閉じるようにして、自分の膣口に意識を集中しているような表情を見せた。時々、眉をひそめるようにするが、苦痛の表情はまだ浮かばない。

四本の指がらくらくと入った。それを引き抜いた悟拳王子は、今度は鳥の嘴のように五本の指を揃えて本格的なフィスティングを開始した。

ゆっくりゆっくりと指が、愛液をとめどなく溢れさせている襞肉の洞門にめりこんでゆく。

「あ、う、うッ……」

カスミの端正な美貌が歪んだ。初めて苦痛の色が浮かんだ。額にべっとりと脂汗が噴きだしてきた。宙吊りにされた裸身に緊張が走った。悟拳王子が説明した。

「どんなに拡張訓練が施された膣でも、しばらく放置すると筋肉は収縮し、元どおりになります。それを無理に拡張しようとすると筋肉が損傷を受けます。ですから長い時間をかけて元どおりにほぐしてやる必要があるのです。決して急がない。それがフィスティング調教のもう一つのコツです。一度、傷つけてしまえば、それはとり返しのつかない結果をもたらしますからね」

　調教師はその言葉どおり、慎重に、ゆっくりと手指の挿入という第一段階に挑んでいた。第二関節まで埋まった。やがて膣口は手の最大部分であるナックルパートにさしかかってきた。

「あうう、あ、はうッ、おお……」

　カスミの苦悶の様相が激しくなってきた。嚙みしめる唇。瞼はきつく閉じられ、眉間には深い谷が刻まれた。四肢が震え、全体重を吊り上げている滑車がギシギシと軋みながら揺れた。

　悟拳王子は困難な細工にとりくむ細工職人のように、ひたと自分の手を見据え、もはやひと言も洩らさない。

　ギャラリーが息を詰めて見守る中、ふいに限度まで伸び切った膣口が薄いゴムによって被膜された悟拳王子の手を吞み込んだ。すうッと手首まで。

　押し込んだと言うべきなのだろうが、みんなの目にはまるで蛇のように意識を持った生物が彼の手を吞み込んだように見えたのだ。

「ああー……！」

　がっくりと頭をのけぞらせているカスミの口から、叫び声が放たれた。喉の奥から噴出するような獣めいた叫びだ。それは明らかにオルガスムスに達した悦声で、それと同時に尿道口から透明な液が勢いよく噴出した。それは真正面にいて膝立ちの姿勢で右手を水平に、ストレートパンチを突きだすような姿勢を保っていた悟拳王子の頬から顎、首にかけてを直撃した。

「おお、潮を噴いた。この子が潮を噴くのは、初めて見た」

唸るような声を洩らしたのは、ここ最近の彼女の調教パートナーだった美虐卿、関東文科大の理事長だった。これまでさまざまな行為で自分の欲望に仕えさせたマゾ奴隷だった女が、明らかなGスポット射精を遂げるのを、彼はまだ見たことがなかったのだ。

黒衣の調教師はようやく唇の端に笑みを浮かべて説明した。

「フィスティングに成功すると、膣とその周辺の性感帯が極限まで刺激されるので、容易に膣オルガスムスを得られるようになります。またGスポットが強く刺激されるので、たいていの女性が〝潮吹き〟を体験できるようになります。それがフィスティングのメリットの一つでしょう。もちろんGスポットで味わう他に子宮オルガスムスも味わえます。いくつものオルガスムスが複合して発生すると言ってもいい。ふつうのセックスやバイブレーターでは味わえない連続した深いオルガスムスを味わい、女たちはこの世に生まれてきた歓びを瞬時に味わいつくします。フィスティングという不条理な調教に私が取り組み、女たちがそれを求めるのは、フィスティングが別世界への入口だからです。ほら、カスミの顔を見なさい」

言われてギャラリー全員の目が、悟拳王子の手をほとんど腕の部分まで受け入れている女体の顔へと向けられた。

「涅槃《ねはん》の顔だ。後光がさしそうだ」

唸るような感嘆の声を発したのは猪八戒と名乗る男、大河内規久也だった。同意の声があがった。

「なるほど、この世界にいない」

いま、生贄として捧げられる女体は薄い笑いを浮かべるようにして恍惚の表情を見せている。調教師の手が膣の内部で動いた。指を折り曲げ、拳の形を作っているのだ。

「ああ、あうう、うあぁーッ！」

カスミがまた絶叫し、脂汗にまみれた裸身がまた宙でぶらんこのように揺れた。まるで悟拳王子がカスミの体内にあるスイッチ類を操作し、自在にオルガスムスを与えたり切ったりしているかのようだ。そのスイッチを操作するために、フィスティングを行なうのだと言われれば信じてしまいそうだ。

「おおおう、あううぐ、うっがああ、あうううー！」

吠えるようにして絶叫を続けるカスミ。その表情からも姿態からも、もはや閨秀歌人、大学教員である、理性人としての貌《かお》は消えている。全身で快楽を貪る、一匹の牝、一匹の野放図な淫獣。

（いま、ここにいるのは、外山香澄ではないのでは……？）

そういう疑問を抱いたのは、浩之ばかりではないはずだ。

カシャッ！

シャッター音と同時に青白い閃光が走った。ヒルダがカスミの痴態を一眼レフカメラに収めているのだ。

「うおお、あうう」

白目を剝きだすようにして、全身をうち震わせながらオルガスムスの絶叫を吐き出し続ける艶麗な美女の姿態。揺れる体からふり撒かれる汗の雫がスポットライトの光を浴びてきらめく。それらの汗はすでに真下の床に水たまりが出来るほどに滴っている。

悟拳王子がゆっくりと手首を抜き差しし始めると、蜜液でしとどに濡れた粘膜器官からはグチュグチュヌチュヌチュという淫らな摩擦音が発生した。宙に浮いた裸身がぐんと反り返り、びくんと震え、ぐらぐらがくがくと揺れわななく。

「究極の調教だな、確かに……」

美虐卿がまた呟いた。周囲の男たちは頷いた。おそらくこれほど強烈なオルガスムスを味わっているマゾ奴隷を見るのは、彼らも初めてに違いない。

　手首からさらに十センチほども膣奥に腕を埋め込み、ピストン運動や旋回運動を与えながらカスミを自在に扱っている悟拳王子はギャラリーを見渡し、言った。

「では、第一段階、ケリをつけます」

　悟拳王子は深く突き込んだ腕を、体の中でアッパーカットを放つような動きをしてみせた。

その瞬間、

「ぎゃああー、ああぎゃううお！　おううう、あうー……！」

　とても人間のものとは思えない、怪獣のおめき声のような悦声を喉奥から放ち、白目を剝いた美女は裸身をビンビンとはね躍らせながら宙で淫らな舞を舞った。それは釣り上げられたマグロが暴れるさまにも似ていた。

　さらに大量のGスポット射精液が、鯨の潮吹きさながらに噴きあげられ、悟拳王子の上半身を濡らした。

「あううう……」

　宙吊りの肉体からガクンと全身の力が抜けた。失神したのだ。

　歓喜の絶頂で意識を失なった性宴の生贄を覚醒させるため、カスミに休憩時間が与えられた。

ヒルダがカスミを別室に連れていったあと、悟拳王子は男たちを向いた。

「第二部がはじまるまでの間、アキを弄んで暇を潰してください」

猛り狂う欲望を一時的に鎮めるため、秋奈が提供されることは、当人も浩之も知らされていたことだ。

秋奈は赤いランジェリーを毟《むし》りとられ、全裸にされ、カスミが吊られたのと反対に、後ろ手に緊縛された体を床から一メートル少しの高さに水平に吊られた。縄が胸、腰、足にかけられ、股は大きく割り裂かれる。カスミとはまた別の、ふくよかな女らしさを湛えて輝く裸身は、男たちの凌辱願望を沸騰させずにはおかなかった。

オーシャン——由良渉がまずアキの眼前に怒張したドス黒い男根を突きつけた。

強制的なフェラチオ、口唇の強姦をオーシャンが楽しんでから、生贄の割り広げられた股間に立った。むっちりした臀肉を抱きかかえ、暴力的な意志で犯されることへの期待で煮えくりかえるような肉の蜜壺に怒張器官を叩きこんだ。

「ああうう！　おう、む……！」

悲鳴のようなよがり声をあげる口に猪八戒——大河内規久也の男根が押し込まれ、その声を塞いだ。

密室の中に再び、殺意を含んだ獣の匂いが充満した。

ナマで射精したければかまわないと、あらかじめ参加者には伝えられていた。冷酷な抽送を行なったオーシャンが射精すると、入れ替わりに猪八戒が犯しはじめた。その口にはドラゴン——三室竜介の男根がねじこまれる。

猪八戒が射精するとドラゴンが膣を犯し、美虐卿が口を犯す。

美虐卿が妻を犯しはじめると、全裸になった浩之が彼女の眼前に立った。

四人の男たちに犯され、すでに三人の精液を注入されている秋奈は、何回かのオルガスムスを味わってすでに理性は完全に麻痺し、男根を突きつけているのが夫だと認識しているのかどうか。ただ条件反射的に口を開き、他の男たちと同様、頬をひっぱたかれながら必死に痺れきっている舌を使った。その間も美虐卿の男根に子宮を突き上げられてオルガスムスを味わうのだ。

美虐卿が果てて、最後に浩之が宙吊りの妻の双臀を抱えて、かつての不能が嘘のようにいきり立っている欲望器官を、四人の精液にまみれた膣口へあてがい、槍のように一気に貫いた。

「あうう！」

それだけでオルガスムスを誘発された秋奈が背を反らせ、宙吊りの縄をギシギシと軋ませて裸身を痙攣させた。

妻に対する無限の愛おしさを感じつつ、愛液と精液が溢れかえる膣に男根を打ちこみ、引き抜き、浩之は快楽を堪能することに没頭した。

「おおお！　うお！」

獣の吠え声をあげて浩之は欲望の堰《せき》を切った。滾る男のエキスが秋奈の子宮口へとドクドクドクッと噴射された。浩之の頭はまっ白になった。

とりあえずの凌辱願望を満たした男たちは、バスルームで汗と体液を洗い落としてから再びバスローブを纏い、大広間に戻って酒を飲み、軽食をとる。

やがて、ヒルダがやってきて第二部の開幕を告げた。

エピローグ

男たちは再び〝赤と黒の間〟に戻った。

「おお」

「これは……！」

部屋に入ったとたん、目に飛び込んできた光景に、男たちは一瞬、立ちすくみ、それぞれに驚嘆の声を口にした。

秋奈の体で解消させた男の欲望が、再び煮えたぎり、男根が充血してゆく。

四囲、天井が黒く、しかもスポットライトだけの照明の中に、香澄の白く伸びやかな裸身が宙に浮いていた。

両手を左右にいっぱいに拡げ、両足はまっすぐ下に向いている。

何も履いていない足先は赤い色の床から五十センチ以上高いところにある。

磔刑《たっけい》にされたキリストを思わせる全裸の肢体が浮いているのだ。目が慣れて仕掛けが分からなければ、まるで超常現象のように見えたに違いない。

香澄は半ば目を閉じ、うっすらとした、名画マドンナのそれに似た謎めいた微笑を浮かべて、顔をやや傾げていた。視線は彼女をとり巻く男たちには向けられていない。ひたすら自分の内面を凝視するかのようだ。

やがて男たちは空中に数本のピアノ線を見つけた。

背後に回ると、木の角柱が横に、天井の鉄製の梁から四本のピアノ線で吊られているのが分かった。角柱は黒く塗られているので、最初は背景の闇に紛れて視認できなかったのだ。

左右に水平に伸ばされた両方の手首は透明なプラスチック製の手枷で角柱に固定され、腋の下に取りつけられた突起が体重を支えている。そういう簡単な装置が性宴の生贄の体を、さほどの苦痛なしに十字架のような宙吊りを可能にしているのだ。

黒衣の若き調教師が、スポットライトの中に踏み込んだ。彼の両手にはすでに薄いゴム手袋が嵌められ、それは麻酔剤入り潤滑剤が塗布されてぬめぬめと濡れきらめいていた。

「さて、これからがカスミというマゾ女の公開調教の第二部、いわば本番です」

サングラスを外せばさぞかし貴公子めいた美男だろうと思われる青年が、半円を描いて取り囲んでいる五人の男たちを見回しながら言った。

（こいつは、いったい何者だろうか……）

自分が外山香澄の裸身にそそられ、強烈な勃起を遂げているのを自覚しながら、かつての級友、三室竜介は不思議に思った。紹介されて以来、その疑問は胸中にわだかまったままだ。

もちろん、『SMプレディター』に毎号、小さな広告を載せ、フィスティング調教を希望するマゾ女性たちを集めていることは知っている。

また、半年ほど前、その『SMプレディター』の中で市井《しせい》の調教師たちを紹介する特集にとりあげられ、インタビューが載ったことも。

当然ながら、突然の招待を受けてから竜介も、それらの記事を読んでいる。だが、彼の身もとについては、内容が内容なだけに当然のことながら巧みにぼかされ、東京に住んでいる三十歳の男性であることしか分からない。

ただ、『SMプレディター』の事実上のオーナーが所有していると言われる、この豪壮にして夢幻的な調教用の部屋を借りられることや、美虐卿としてSM界ではよく知られている名士とも懇意であることからして、その若さに似合わず、そうとうな人脈を築いていることは分かる。

竜介は大学卒業後、一時は高校教師となったが乱脈なSM遊びがたたって傷害事件に連座して、教育界から放逐された。

仕方なく小規模な教育塾で雇われ講師をしていると、なんとその経営者の娘で講師仲間の女がマゾ性の持ち主と知り、巧みに誘惑して、彼女を支配してしまった。つまり「ご主人さま」と「奴隷」の関係になったのだ。

経営者が死に、その娘が後継者となったことで彼にツキが巡ってきた。

巧みに経営陣に入り込み、やがては独裁者として君臨するのに一年とかからなかった。今や全国、四十都市に分校を開設している大手教育塾チェーンのトップの座にいる。

立場が立場だけに思いきって欲望を満たすことが出来ず、時たま正体を隠してSMクラブで遊ぶだけの彼のところに、突然、電子メールが飛び込んできた。

文面は浩之が受け取ったのよりは、さらに詳細なものだった。

「私はカスミというマゾ女性を調教している。その女性は、実は貴殿の学生時代の同級生である外山香澄である」

最初からカスミという女の正体を明らかにしたうえでの招待状だった。

驚いたことに悟拳王子なる人物は、三室竜介の経歴、性向はもとより、学生時代、外山香澄を輪姦し、マゾ奴隷として一年半、凌虐の限りを尽くして調教した過去を詳細に知っていた。

あとで分かったことは、渉や規久也についても同じだった。

それは彼のもとを訪ね、調教を依頼した外山香澄によってもたらされたことらしい。

三カ月にわたる過酷な調教に堪えた香澄は、調教の最後に、過去、自分を犯し辱めた三人のクラスメートを招待して、彼らの眼前で公開調教してくれるよう頼んだのだという。

悟拳王子なる人物は、彼女の願望を満たしてやろうと、調査員を使い、三人の居所をつきとめて招待状を発送したのだというのだ。

なぜか、竜介、渉、規久也の三人は、卒業後、疎遠になっていた。

あるいは、外山香澄のせいかもしれない。三人が結びついていたのは、香澄という女の放つ磁力のせいで、その香澄がいなくなると、三人はバラバラに散ってゆく運命だったのかもしれなかった。

ほとんど十年ぶりに、三人の同級生は連絡をとりあった。

「これは、何か復讐のたくらみではないのか。卒業する時、『これからは一切、関係を絶つ。私はあなた達のことを忘れるから、あなた達もそうしてちょうだい』と言ったのは、あいつだぜ。だからおれも接触したことはない。おまえもその約束を守ってきたのだろう？　それなのにどうして今ごろになって……」

電話でそういう疑問を口にしたのは渉だ。三人とも、あまりにも唐突な香澄の招待の真意を計りかねていたのだ。渉の場合、十年たって有名になった香澄が、かつての級友たちに自分の本性、性倒錯の秘密を握られていることを嫌い、怨みもあって、三人を集めて亡き者にしようという陰謀でも考えているのではないか——そう疑ったのだ。

三人それぞれ、社会に出てそれなりの仕事をしている身である。もし何らかの形で知られたくない性癖、過去の行為が明るみに出るなどということは一番避けたいことだ。

「それはないと思う」

竜介はその疑惑を一蹴した。

「香澄の気性から言って、陰謀を考えることはないだろう」

彼は招待に応じるつもりだと告げた。

結局、彼らはそろって招待に応じることにした。十年たっても彼らの記憶の中で外山香澄という女は、その魅力を失なっていなかったということだ。

時々、マスコミに登場する香澄の、どんどん成熟してゆく女の魅力を見るにつけ、三人ともそれぞれ、彼女を責めさいなんだ快楽の記憶がいきいきと甦り、男の血がふつふつと滾るのを覚えるのだった。

しかも、フィスティング調教という苛酷な調教を自ら求めたというのだ。それがどういうものか、見てみたいという好奇心をそそられないわけがない。

（結局、香澄はおれたちが考えていたのよりも、もっと徹底したマゾヒストだったということか。彼女なりに自分の真の姿を発見するのに、十年かかったわけだ。それにしても、ここ

まで徹底するのは、やはり香澄らしい）

ふと、竜介は寂寥感を覚えた。

それは黒衣の調教師、悟拳王子に対する香澄の、信頼と敬愛の念の強さだ。

（おれたちは、一年半、香澄に対してサディズムを満足させてきたし、彼女を満足させていたとうぬぼれていたけれど、彼女は満足していなかったのだろう。そうだったら、卒業した後もおれたちに身を任せるはずだ。しかし、あれほどキッパリとおれたちに別れを告げたというのに、なぜ人を使って調べまでしておれたちを招くのだ？）

三室竜介がなお、香澄の真意をはかりかねている間に、新たな調教の開始を告げた悟拳王子なる男は、左右に控えたヒルダと秋奈に合図した。二人の女は調教奴隷カスミの両足を持ち、股を大きく左右に広げた。

いつのまにか悟拳王子は左手にも薄いゴム手袋を嵌めていた。

（いったい、何をする気だ、こいつは……？）

竜介ばかりでなく全員が訝しんでいると、この場を支配している最年少の男は、カスミの膣を見上げる位置に立ち、ギャラリーに語りかけた。

「これまでのフィスティング調教というのは、まだ序の口です。正直なところ、少し時間をかければどんな女性でも男性の拳は受けいれられます。カスミが願うのは、そういう安易なところで味わうマゾヒストの快楽ではありません。彼女は自分の肉体の限界に挑戦したかったのです。そして私が提示した限界がこれです」

悟拳王子はゴム手袋を嵌めた自分の両手を、握り拳にして前に突きだしてみせた。

「両手を入れるというのか？」

呆れたような声を出したのは美虐卿だった。他の男たちも自分の目を疑っている表情だ。

「そうです。はは、驚かれているようですね。ですが可能なのです。人体の不思議というのは、それだけ拡張しても、ふつうのセックスには影響がありません。いや、かえって男を歓ばす性能を身に着けてゆくのです。それは後ほど、皆さんがお試しになってください。ともあれ、究極のフィスティングに挑戦したカスミをごらんあれ」

言い終えると、竜介は黒いシャツを腕まくりした両腕を、自分の顔の前でまるで信仰者がするように拡げた掌と掌を合わせた。

合掌した指が向く真上には、ヒルダと秋奈によってガバッと股を割り広げられたカスミの秘部があった。無毛のその部分は秘唇が、まるで無言の叫びを叫ぶかのように開いている。その部分からはかぎりなく透明に近い蜜液が糸をひくようにして、垂直に深紅の床に滴り落ちて水たまりを広げている。カスミがこれから我が身に与えられる、暴虐としか言いようがない残酷な肉刑を期待して、何もしていないのにビクビクと下肢に痙攣が走るほど、子宮を疼かせているのは明らかだ。

悟拳王子は合掌させた手を顔の上へと上昇させていった。頭の上のところで秘唇に触れた。蜜液を溢れさせている部分に二本の中指が、薬指が、そして人差し指がめりこんでゆく。

「嘘だろう……」

震える声で呟いたのは猪八戒という自虐的なニックネームを名乗った大河内規久也だ。

「あ、あうう、うーッ……！」

合わせた掌を、親指を内側に折り込んですぼめるようにすると、鴉《からす》かなにかの嘴のように見える。六本の指が消えるのは早かった。

「さっきの調教の効果が残っていますから、ここまでは早いです」

八本の指を埋没させながら悟拳王子が言った。

(何者なんだ、おまえは。どうして香澄はおまえを選んだのだ。おれたちの誰かではなくて、まだ若い、こんな男を……)

竜介がなお疑り問い続けているうち、親指を折り込んで合掌された二本の手先はじわじわと膣口をこじあけるようにして、いまや親指の部分が見えなくなるところだ。

「……！」

さすがに筋肉の抵抗は強いらしい。サングラスをかけている調教師の美貌が唇をひき結んだ。腰に力をこめて両手を突き上げるようにする。彼の両手がめりこんでゆく場所は、十年前、渉がまず処女を奪った部分だ。あれから何度、三人の大学生はその部分を犯し辱め続けたことだろうか。さまざまな異物も受け入れさせたものだ。

「ああ、あううう……、うーッ……」

激しい苦痛を味わっているのは確かなのだが、苦悶の表情にはどこか法悦の色が濃い。

（そうか……）

三室竜介は、ようやく外山香澄の真意を見抜いた。

（香澄がおれたちを探して招いたのは、やはり復讐なのだ。おれたちが一年半、彼女の体と精神に対してやったことなど、子供の遊びのようなものだった。それを教えたいがために
……）

そうではないかもしれない。また別の理由があるのかもしれない。しかし三室竜介は、それが正しい答えだと確信した。いま自分たちの目の前で、殉教する聖女のような神々しささえ感じさせながら、脂汗を全身から滴らせ、愛液を膣口から溢れさせ悶え苦しんでいる女は、自分の全身で三人の級友たちにメッセージを送っているのだと。

「あううう、う、ううう……、あぁッ、ぎゃあー」

しばらくの間、強い力と力がせめぎ合っていた部分で、肉の関門が崩壊した。

グチュ。

淫らな摩擦音と同時に二本の手が膣の中に埋没していった。

「ぎゃああ、あうー……ッ！　おおおお、おうあうあぐ、あぐーッ！」

宙高く十字架に吊られたような裸女は、すさまじい力で両足を突っ張らせ、開脚を強制している二人の女をよろめかせた。

二本の手が手首まで埋没したところで、子宮オルガスムスが爆発したのだ。

闇を背景にスポットライトを浴びて輝く裸身から、無数の汗の雫がきらめきながら飛び散った。尿道口からも透明な液体の奔流が放物線を描いた。真正面にいた竜介があわてて飛びさがる距離まで、それは勢いよく噴射され続けた。

「信じられない……」

呆然としてバカのように口を開けて呟く由良渉。

「あれが香澄かよ……」

唸る大河内規久也。

彼らをそそのかし、眼前でビクビクと裸身をうち震わせ、なおも潮を噴き続ける眩しい女体を凝視しながら、竜介は言った。

「これが香澄の真の姿だ。おれたち若造が三人がかりで、決して彼女に味わわせることが出来なかったマゾヒズムの快楽。それを今、香澄は堪能している。女は誰でもそこまで研《みが》かれるべきものだ。香澄はそれをおれたちに教えたかったのだ」

　美虐卿という人物も、たぶん同じ理由で呼ばれたのだろう。彼女の真に求めるものを与えられなかった、欠陥の多いサディストとして。

　ただ、最後の一人、かなり白髪の目立つ、インテリ的な風貌の髭を蓄えた中年男。彼はどうやら違う理由で招かれている。その理由は分からないが、竜介にも理解できることは、ここにいる四人の男と同様、その中年男もまた、見ているだけで射精しそうなほど昂奮していることだ。

「ぬ……」

　ゆるやかに二本の腕をそろえてピストンのように抽送する悟拳王子が、その動きを早め、最後には長いストロークで子宮を突き上げた。

「おお、おうー、あああ、うあ、うああ！」

　天を仰ぎ、まさに磔刑で殉教する聖女の残虐美を輝かせながら、さらに強く子宮を衝かれた香澄は、ひときわ高く、喉がはり裂けるのではないかと思うほどの絶叫を迸らせ、しなやかな裸身をグンとのけ反らせて、ひと声叫んだ。

「死ぬぅ、沙樹夫……！」

弟の二本の腕を深く体内に受け入れガクリと首を折り、全身から力が抜けた。

彼女が最後に叫んだ言葉の意味を理解できたのは、後日、彼らについて長い記事を書くことになる浩之だけだった。

この作品は二〇〇一年十月マドンナ社より刊行された『美人助教授と人妻　倒錯の贄』を改題し、加筆・修正しました。

GENTOSHA OUTLAW BUNKO

十字架《じゅうじか》の美人助教授《びじんじょきょうじゅ》

館淳一《たてじゅんいち》

平成24年12月10日　初版発行

発行人――石原正康
編集人――永島賞二
発行所――株式会社幻冬舎
〒151-0051東京都渋谷区千駄ヶ谷4-9-7
電話　03(5411)6222(営業)
　　　03(5411)6211(編集)
　　　振替00120-8-767643
印刷・製本―図書印刷株式会社
装丁者――高橋雅之

幻冬舎アウトロー文庫

ISBN978-4-344-41966-7　C0193　O-44-18

幻冬舎ホームページアドレス　http://www.gentosha.co.jp/
この本に関するご意見・ご感想をメールでお寄せいただく場合は、
comment@gentosha.co.jpまで。